STAR WARS ®

LE GANT

DE DARK VADOR

Collection « SF » dirigée par
Jacques GOIMARD

Paul DAVIDS
Hollace DAVIDS

STAR WARS ®

Livre 1

LE GANT DE DARK VADOR

Traduit de l'américain par
Gérard Guéro
Illustrations de
Benton Jew et Karl Kesel

POCKET

Titre original :
The Glove of Darth Vader

Publié pour la première fois par Bantam Books, une division de Bantam Doubleday Dell Publishing Group Inc, New York.

Loi nº 49 956 du 16 juillet 1949 sur les publications destinées à la jeunesse : janvier 1994.

ISBN 2-266-00461-1

A Jordan et Scott,
Que la Force soit avec eux...

Avec nos remerciements à George Lucas, le créateur de La Guerre des Etoiles ; à Lucy Wilson, pour ses conseils éclairés ; à Charles Kochman, pour sa perspicacité ; à West End Games, pour leur extraordinaire documentation sur La Guerre des Etoiles. A Betsy Gould, Judy Gitenstein, Peter Miller et Richard A. Rosen pour leur aide et leurs conseils.

IL Y A BIEN LONGTEMPS,

DANS UNE LOINTAINE GALAXIE...

L'aventure continue...

C'était une époque de ténèbres, un temps où dominait l'Empire du Mal, où la peur et la terreur écrasaient la Galaxie.

L'Empereur Palpatine régnait par la force, secondé par son fidèle lieutenant, Dark Vador. Ils écrasaient toute résistance. Mais l'Alliance Rebelle luttait contre leur formidable pouvoir.

L'Alliance Rebelle : des hommes et des femmes courageux, unis contre l'Empire dans un combat pour restaurer la liberté et la justice dans la Galaxie.

Luke Skywalker rejoignit l'Alliance quand son oncle acquit un duo de droïds connus sous le nom de Z-6P0 et D2-R2. Les droïds avaient pour mission de délivrer la princesse Leia, un des chefs de l'Alliance, prisonnière de Dark Vador.

Aidé par Yan Solo, le pilote du vaisseau Faucon Millenium, et par son copilote, Chewbacca, un grand wookie poilu, Luke réussit à libérer Leia. Mais leurs démêlés avec l'Empire n'allaient pas s'arrêter là. Luke et ses amis combattirent les redoutables troupes de choc ainsi que des super-destroyers de plusieurs kilomètres de long, et ils affrontèrent l'arme la plus puissante de l'Empire : l'Étoile Noire. Station spatiale de combat aussi imposante qu'une lune, elle avait une puissance capable d'anéantir une planète. Elle fut détruite par les rebelles au cours d'une mission meurtrière.

L'Empire s'engagea alors dans la construction d'une seconde Étoile Noire, plus grande et puissante que la précédente.

Durant ses aventures, Luke avait rencontré un vieil ermite plein de sagesse, Obi-Wan Kenobi. Celui-ci devint son premier maître dans les voies des Chevaliers Jedi.

Les Chevaliers Jedi avaient formé un ordre de guerriers nobles et courageux chargé de protéger l'Ancienne République avant l'émergence de l'Empire. Les Jedis étaient profondément convaincus de l'existence d'un pouvoir mystérieux, la Force, une puissance ancrée en toutes choses. Une puissance ambivalente, cependant, dont un Côté peut être utilisé pour le bien et l'autre pour le mal.

Pour compléter son entraînement de Chevalier Jedi, Obi-Wan Kenobi envoya Luke étudier auprès du dernier des maîtres Jedi, Yoda. Là, il reçut de troublantes révélations : la princesse Leia était sa sœur jumelle et son père n'était autre que Dark Vador. Luke apprit également que Dark Vador avait été, au temps de l'Ancienne République, un Chevalier Jedi. L'Empereur Palpatine avait réussi à l'attirer vers le Côté Obscur de la Force. Vador était maintenant obsédé par la puissance et dévoré par la haine.

Le vieux maître Jedi avait compris que le destin de Luke était de combattre son père sous peine de voir le Côté Obscur triompher. Le père et le fils s'affrontèrent deux fois en duel au sabrolaser.

Avant de mourir, Vador réalisa, grâce à son fils, que l'Empereur Palpatine lui avait fait combattre les seules idées qu'il respectait et les seules personnes qu'il aimait. Il se rebella contre l'Empereur et le précipita dans le réacteur principal de l'Étoile Noire, qui sera détruite quelques minutes plus tard par une attaque rebelle.

La disparition des leaders impériaux et la destruction de leur dernière Étoile Noire ouvrent une nouvelle ère d'espoir et d'incertitude. Les seigneurs impériaux se battent pour obtenir le pouvoir. A qui reviendra-t-il ? Nul ne le sait.

Les prophètes du Côté Obscur ont prédit qu'un nouvel empereur se dresserait : à sa main, il portera le symbole indestructible du mal, le gant de Dark Vador.

L'ALLIANCE REBELLE

Luke Skywalker

La princesse Leia

Yan Solo

Chewbacca

Z6-PO

D2-R2

Mon Mothma

Amiral Ackbar

L'EMPIRE

Trioculus

Grand Moff Hissa

MD-5

Grand Moff Muzzer

Grand Moff Dunhausen

Grand Moff Thistleborn

Capitaine Dunwell

Un Aqualish

CHAPITRE PREMIER

DROÏDS EN MISSION

La voix affolée de Z-6PO résonna dans l'Atelier de Réparation des Droïds de Yavin Quatre, la quatrième lune de la planète Yavin.

— Messire Luke, dit 6PO, Kessel est depuis toujours le *dernier* endroit de la galaxie que je voudrais visiter. Surtout pour une mission d'espionnage, et sans ma tête !

— Tu vas avoir un nouveau *couvercle*, pas une nouvelle tête, dit Luke Skywalker à son androïde doré.

Il se pencha pour examiner une vieille tête de droïd sur une étagère.

— Nous ne modifierons pas tes circuits.

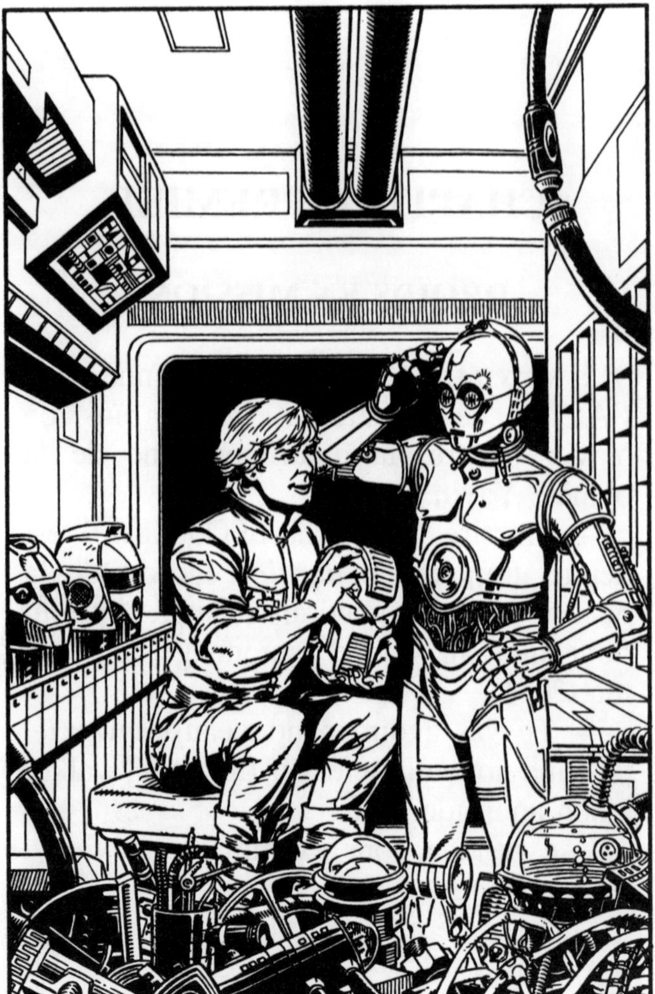

Il faut que tu passes inaperçu parmi les droïds Kesseliens.

La tête de droïd Kesselien que Luke tenait avait un air mauvais. Ce visage n'aurait jamais reflété la personnalité affable de 6PO.

— Et que penses-tu de celle-ci ? demanda Luke.

— Celle-là ? Vous faites preuve de manque de goût, messire Luke. Elle est... laide et... elle est verte ! répondit Z-6PO.

— Je ne t'ai pas parlé de ta nouvelle peinture ?

— Vous n'allez pas me peindre en vert, n'est-ce pas ? s'exclama 6PO en remuant les bras.

— Pas de panique, dit Luke. Ta couleur d'origine te sera rendue, avec ton masque habituel, quand cette mission sera achevée. Allez, viens, on va commencer.

BZZZZZZZZZZZT !

Luke pressa le bouton de son inter-communicateur pour signaler à l'Equipe de Modification des Droïds que 6PO était prêt. Cette équipe était composée d'un groupe de droïds techniques 2-1-B spécialisés dans la réparation des robots et dans le remplacement de leurs pièces usagées. Les 2-1-B accompagnaient D2-R2, un droïd en forme de tonneau qu'ils venaient de modifier. D2 ressemblait maintenant à un droïd minier Kesselien vert foncé, copie fidèle jusqu'à l'insigne Kesselien sur son dôme.

— *Dweeeeeet bchoooo tzniiiiiiit !* siffla D2-R2, faisant tourner sa nouvelle coupole de droite à gauche pour que Luke et 6PO le remarquent.

— Non, je ne trouve pas que tu sois très joli ainsi, répondit 6PO.

Le droïd de protocole était capable de traduire plus de six millions de langues. Il comprenait tous les bips, sifflements et bruitages de D2.

Quittant avec regret son petit compagnon, 6PO s'éloigna avec l'Equipe de Modification des Droïds. Il revint une heure plus tard.

— J'espère que vous êtes satisfait, dit-il, consterné.

— C'est parfait, répondit Luke en souriant, allons-y, nous devons nous rendre au Sénat. Vous ne voudriez pas rater le début du briefing de Mon Mothma ?

Luke se dirigea rapidement vers la porte. Il pensait que l'Alliance avait de la chance de compter une femme distinguée et brillante comme Mon Mothma à sa tête.

— Quand Mon Mothma a exposé notre stratégie lors de l'attaque contre l'Etoile Noire, vous étiez à l'heure ; ce n'est pas le moment d'être en retard, 6PO. Surtout quand les membres clés du RRPS sont présents.

Le RRPS était le Réseau de Renseignement Planétaire du Sénat, une organisation secrète interne du nouveau gouvernement galactique.

Whoooooosh !

Le speeder de Luke fonçait au-dessus des cimes des grandes forêts de Yavin Quatre, évitant le sommet des antiques pyramides. Il put bientôt voir la plupart des constructions bâties par une race depuis longtemps oubliée. Il vit le Grand Temple. Et à sa gauche, le Temple du Bouquet de Feuilles Bleues. Droit devant se dressait le Palais de la Woolamandre, où siégeait le Sénat.

Il était pratiquement midi quand Luke

posa son speeder. Il pressa 6PO et D2 jusqu'à l'entrée principale du Sénat et ils suivirent un corridor jusqu'à la salle du briefing.

Assis à la table de conférence se trouvaient deux femmes, deux hommes, et deux extraterrestres. Il s'agissait de Mon Mothma et de la Princesse Leia ; de Yan Solo et de Lando Calrissian, le gouverneur de la Cité des Nuages de Bespin ; de Chewbacca, le Wookie, et de l'Amiral Ackbar, l'homme-poisson à l'air triste, héros de guerre du monde aquatique de Calamari.

Luke prit place au centre de la table, 6PO et D2 demeurant à ses côtés.

— Ah ! çà, lui dit Yan, tu as fait du bon travail sur ces droïds. Si je ne savais pas ce qui se prépare, je me croirais sur Kessel.

— Merci, Yan. Venant de toi, c'est un compliment.

— Kessel est une planète que tous les pilotes de cargo expérimentés tentent d'éviter, surtout moi. Mais il m'est arrivé d'y aller, malgré tout, quand on pouvait se faire une petite fortune en passant des épices. En fait, j'ai réussi à filer de Kessel en moins de douze sauts temporels standards.

— C'est ce que tu m'as raconté le jour où nous nous sommes rencontrés, dit Luke, à la taverne de Moz Esley. Tu te souviens ? Quand je suis arrivé avec Obi-Wan Kenobi et que…

— Ouais, je m'en souviens maintenant, l'interrompit Yan.

Il fronça les sourcils et se renfrogna.

— Mais tu peux me croire, la situation sur Kessel ne s'est pas améliorée, au contraire. Les temps sont durs pour les marchands d'épices et les vieux pirates Coréliens comme moi. Et, en ce moment, s'ils

vous suspectent d'être loyal envers l'Alliance, ils vous envoient directement dans les mines d'épices — pour y finir comme esclave !

— Ce qui nous amène à l'urgence de la mission sur Kessel, dit avec force Mon Mothma. Tout ce que l'Empire compte comme grands Moffs, seigneurs de guerre, troupes de choc, droïds impériaux et officiers ennemis, se rend au Stade de Kessendra sur Kessel pour participer à un grand rassemblement.

Elle se tourna vers D2 et continua :

— D2, tes banques de données contiennent maintenant des informations sur chaque agent impérial important qui pourrait se trouver à cette réunion, y compris ceux qui caressent l'ambition de devenir le nouveau chef de l'Empire. Tu as également des données sur les Prophètes du Côté Obscur. Il semble que la dernière prophétie de Kadann, le Prophète Suprême du Côté Obscur fasse l'objet de quelques controverses.

Mon Mothma effleura un bouton sur la console de la table ; un holo-projecteur fixa les paroles de Kadann dans les airs :

Après la mort de Palpatine
Bientôt pour commander l'Empire
Se présente un autre chef
Et à sa main droite il porte
Le gant de Dark Vador

Un silence menaçant pesa sur la salle de briefing.

— *Ptooog bziiiini ?* siffla D2 en tournant son nouveau dôme dans tous les sens.

— Il désire savoir comment le gant de Dark Vador peut encore exister, traduisit 6PO.

— A la différence du gant gauche, répondit Mon Mothma, le gant droit avait été conçu pour être un symbole maléfique qui survivrait à jamais. Après que Luke eut coupé la main droite de Vador durant leur duel au sabrolaser, le gant était censé avoir été projeté dans l'espace lors de l'explosion de l'Etoile Noire. D'après les rapports de nos service de renseignements, il n'a pas encore été retrouvé. Nous avons envoyé des équipes à sa recherche, mais il est possible que quelqu'un présent à la réunion sur Kessel l'ait déjà découvert et se proclame nouvel Empereur.

L'holo-projecteur de Mon Mothma afficha l'image d'une météorite.

— 6PO et D2, ceci ressemble à une météorite mais c'est en réalité votre capsule d'atterrissage. L'Amiral Ackbar et ses Calamariens l'ont conçue spécialement pour votre mission.

— Nous vous garantissons que cela fonctionnera, déclara avec confiance l'Amiral Ackbar.

Lando sourit et fit un clin d'œil à son ami Yan Solo, assis près de lui.

— Yan a gracieusement offert de me raccompagner sur Bespin, dit-il, pour que je puisse régler quelques affaires urgentes dans la Cité des Nuages. En route, quand nous passerons à proximité de Kessel, nous éjecterons la capsule à partir du Faucon Millenium. D'accord, Yan ?

— C'est tout à fait exact, répondit Yan.

— La capsule devrait passer les défenses ennemies sans se faire détecter, dit Mon Mothma en se tournant vers les droïds. Elle vous permettra aussi de vous échapper de Kessel. Quand votre mission sera achevée et que vous embarquerez à nouveau, la capsule abandonnera son revêtement de météorite et ressemblera à un sondbot impérial sphérique. Puis elle décollera de façon automatique vers la haute atmosphère où vous serez récupérés par une navette de commandement impérial que nous avons capturée, la navette 714-D.

6PO frotta la nuque de sa nouvelle tête. Il crut entendre un fusible claquer quelque part dans son cerveau électronique. Tout ceci était choquant !

— Et si nous nous perdons sur Kessel ? demanda-t-il timidement.

— Sur Tatooine, vous avez réussi à trouver le palais de Jabba le Hutt par vos propres moyens, lui rappela Luke.

— Et vous nous avez même aidé à sauver Yan quand il était prisonnier dans son bloc de carbonite, dit Leia.

— Grrrowff ! approuva Chewbacca.

— Dans le cas où vous vous perdriez, ajouta Mon Mothma, souvenez-vous que nous avons programmé les banques de données de D2-R2 avec des plans de Kessel fournis par un esclave évadé. Ces cartes indiquent toutes les rues de Kessendra et les plans du Stade, y compris le tunnel secret d'évasion des esclaves que nous utiliserons pour pénétrer dans le Stade.

Mon Mothma mit fin au briefing :

— La mission est pour demain, messieurs. Bonne nuit à tous.

— Messire Luke, demanda 6PO d'une voix effondrée, êtes-vous sûr qu'il n'y a personne, dans l'Alliance, de mieux équipé que D2-R2 et moi ?

— Tu as calculé les probabilités toi-même, répliqua Luke. Je t'ai demandé quelles étaient les chances d'un humain ou d'un extraterrestre loyal à l'Alliance de revenir vivant de Kessel.

6PO approuva.

— Une chance sur douze mille six cents, dit-il en soupirant, tout va bien, alors. Après tout, c'est vrai… Nous les droïds, nous sommes remplaçables.

CHAPITRE II

LE POUVOIR FOUDROYANT DU CÔTÉ OBSCUR

Le Faucon Millenium avait quitté l'hyperespace dans le secteur de Kessel et ralenti en dessous du seuil de la vitesse de la lumière. Yan Solo et Chewbacca naviguaient à présent dans les hautes couches de l'atmosphère de la planète, au cœur d'une gigantesque tempête électrique. Le Faucon, dissimulé au sein des nuages noirs, évitait les éclairs avec grâce.

Impossible pour les Impériaux de prévoir qu'une météorite allait être larguée dans ce secteur...

ZHWEEEEEEEEK ! Les portes de la soute s'ouvrirent en grinçant.

La capsule plongea vers la surface, battue par les vents puissants, le revêtement extérieur de pierre frappé par les éclairs, l'intérieur chauffé par la friction. Mais elle conservait sa course vers la planète, guidant les droïds vers leur objectif.

Pour 6PO et D2, le pire fut l'atterrissage. La capsule rebondit sur le flanc d'une montagne, roula dans la forêt kesselienne et s'arrêta à quelques pas de l'entrée camouflée du tunnel d'évasion des esclaves.

L'écoutille de la capsule s'ouvrit ; les deux droïds débarquèrent. Le paysage était à la fois menaçant et surnaturel : les

grandes montagnes se détachaient sur le ciel rose. La tempête électrique s'était calmée.

— Encore heureux, dit 6PO, que les droïds n'aient pas le mal de l'air. Sinon je n'aurais pas été capable de me lever pendant plusieurs jours.

Il se tourna vers la capsule.

— Regarde, D2, notre capsule météorite a l'apparence des cailloux de ce terrain rocailleux. Elle devrait passer inaperçue jusqu'à notre retour. Enfin, si retour il y a.

Après avoir trouvé le passage secret, 6PO déplaça les rochers qui en dissimulaient l'entrée. Bientôt, ils se dirigeaient dans le tunnel. Les parois rocheuses recouvertes d'épices brillaient d'une lueur sourde.

Dans la demi-obscurité, 6PO demanda à D2 de projeter la carte holographique du tunnel que leur avait confiée Mon Mothma.

— Elle est à l'envers ! s'exclama 6PO. Tu ne crois tout de même pas que je vais faire les pieds au mur pour la lire ?

D2 inversa sa projection. L'image se retrouva dans le bon sens. Après l'avoir étudiée, 6PO et D2 poursuivirent leur chemin. Chacun de leurs pas métalliques les rapprochait du Stade de Kessendra, situé à la périphérie de la capitale.

— *Dweep booooowееp*, siffla D2, roulant aussi vite qu'il le pouvait.

— Non, ce n'est pas ma faute si nous sommes ici, répondit 6PO en accélérant. Tu sais bien que nous avons des ordres. J'espère simplement que personne ne découvrira notre véritable identité. Sinon, ils nous démonteront et nous utiliseront comme pièces détachées. Ou pire !

Les droïds n'ont pas besoin de reprendre leur respiration. 6PO pouvait parler sans arrêt pendant des heures.

— C'est terrifiant. La moitié des officiers de l'Empire sont réunis au-dessus de nos têtes, et qui sait quels plans diaboliques ils préparent.

Le Stade de Kessendra accueillait habituellement les combats de gladiateurs. Des esclaves s'y battaient jusqu'à la mort et les joueurs accouraient de toute la galaxie pour parier. Aujourd'hui, il n'y aurait pas de combats.

— *Droot boopa zinn*, siffla D2.

— Je suis tout à fait d'accord avec toi, répondit 6PO en hochant la tête. Ils auraient dû renoncer aux hostilités après l'explosion de la seconde Etoile Noire. Car une fois que l'Empereur Palpatine et

Dark Vador étaient morts et... Oh non !

Il se cogna contre une colonne métallique et s'étala dans un bruit de ferraille.

— Regarde un peu ce que tu m'as fait faire, râla-t-il.

Il se releva avec maladresse et inspecta sa peinture à la recherche de bosses et d'éraflures.

— Tu es toujours en train de me distraire, D2 !

D2 se lança dans une série de sifflements et d'avertisseurs.

— *Reewoooo dweet ? Beeeeza zooom ?*

— Non, il n'y a pas de monstres droïdophages dans ces sous-sols. Maintenant, tais-toi et aide-moi à chercher l'entrée du stade et... Ah, elle est là ! Pourquoi ne m'as-tu pas dit que nous l'avions dépassée, espèce de tas de tôle myope !

— *Vrrrr BEEEEEEEP !*

— Toi-même !

6PO ouvrit la porte grinçante avec précaution et se glissa dehors doucement, D2 roulant juste derrière lui. Le ciel rose était si brillant qu'il aveugla les senseurs optiques du droïd de protocole.

Quand il put y voir à nouveau, il

s'aperçut qu'ils étaient au niveau inférieur du stade, là où les esclaves et les droïds se rassemblaient pour écouter les discours. Entourés de droïds humanoïdes verdâtres aux visages menaçants et de droïds miniers en forme de tonneau, 6PO et D2, grâce à leurs déguisements, se fondaient dans la masse.

Au-dessus d'eux, dans les gradins qui entouraient la fosse aux esclaves, les officiers Impériaux et les troupes de choc étaient confortablement installés. D2 sortit son senseur longue distance pour détailler les spectateurs. Puis il compara les visages qu'il observait avec les noms et les grades stockés dans ses banques de données.

La foule se calma au moment où un grand moff, un des gouverneurs régionaux de l'Empire se mit à parler. Il avait les yeux en vrille sous son crâne chauve et des dents taillées en pointes acérées.

— Je suis le Grand Moff Hissa, annonça-t-il au moment où D2 l'identifiait. A mes pairs grands moffs, aux grands amiraux, aux officiers, troupes de choc, chasseurs de primes, esclavagistes et esclaves, je souhaite la bienvenue. Nous sommes réunis aujourd'hui pour prendre un nouveau départ.

Il gonflait la poitrine, arborant fièrement son uniforme brun.

— La destruction de notre dernière Etoile Noire n'a été qu'un contretemps. Les Rebelles n'ont encore rien vu de notre puissance et de nos forces. Nous développons de nouvelles armes ; quand nous aurons abouti, nous écraserons l'Alliance et régnerons sur la galaxie.

En écoutant cela, 6PO murmura à D2 :

— Oh, je n'aime pas ça. Non, je n'aime pas ça du tout.

— Le Comité Central des Grands Moffs vous a convoqués pour vous présenter notre nouveau chef, continua le Grand Moff Hissa d'une voix plus grave. Même si l'Empereur Palpatine est mort, sa lignée continue. Depuis des années courent des rumeurs au sujet du fils de notre regretté Empereur. Palpatine et le Comité Central des Grands Moffs les ont toujours niées, pour des raisons de sécurité Impériale. Aujourd'hui, je suis enfin autorisé à vous informer que l'Empereur avait vraiment un fils... Un fils qui deviendra notre nouveau chef !

A ces mots, le stade résonna de murmures et de cris de surprise.

— Le fils de l'Empereur a vécu des années parmi vous sur Kessel, continua le Grand Moff Hissa. Sa véritable identité est restée secrète. Le moment est enfin venu pour lui d'accepter son héritage : l'Empire.

— Qui est le fils de l'Empereur ? hurla un grand amiral.

Un long moment de silence ménagea le suspense.

Une porte sombre s'ouvrit derrière le Grand Moff Hissa. Un grand mutant, tout de noir vêtu, sortit pour affronter la foule.

— Mes amis, annonça le Grand Moff Hissa, je vous présente le fils de l'Empereur Palpatine, Trioculus, Esclavagiste Suprême de Kessel !

Au lieu des acclamations attendues, un murmure de frayeur parcourut les rangs de l'assemblée à la vue du nouveau souverain. Trioculus était un esclavagiste sans cœur et sans pitié, qui avait conduit un grand nombre d'esclaves à la mort.

L'apparence du mutant était puissante et menaçante. 6PO fut surpris de voir qu'il n'était pas aussi laid que l'avaient été Dark Vador et l'Empereur Palpatine. En fait, il était presque bel homme.

A l'exception, toutefois, d'un petit détail...

Deux de ses yeux brillaient là où 6PO les attendait, de part et d'autre de son nez. C'était le troisième, juste au milieu du front, qui lui donnait un air… peu commun.

6PO se pencha pour parler à D2.

— Un mutant, en partie humain, en partie extraterrestre, dit-il. C'est assez surprenant. Je n'ai jamais entendu parler d'une liaison entre l'Empereur Palpatine et une femelle à trois yeux. Et toi ?

En écoutant D2, 6PO apprit des choses qui lui étaient auparavant inconnues. Les banques de données de D2 lui révélèrent que les vieux soldats des troupes de choc Impériales pensaient que l'Empereur avait un fils possédant trois yeux, un fils censé vivre sur Kessel. Mais quand l'Alliance Rebelle avait cherché la vérité, elle n'avait trouvé aucune preuve de cette hypothèse. Quoi qu'il en soit, l'Alliance devrait à nouveau mener l'enquête.

Les sifflements saccadés de D2 lui en apprirent plus sur Trioculus. Des informations puisées dans les dossiers secrets de l'Alliance sur les esclavagistes des mines d'épices de Kessel...

Trioculus avait la réputation d'être l'un des plus cruels et malfaisants esclavagistes de Kessel, des traits de caractère développés quand il n'était qu'un enfant. Unique Mutant de son école sur Kessel, il était constamment bizuté et frappé par les autres élèves qui se moquaient de son troisième œil. La vengeance devint son obsession. Promu dur des durs dans la cour de récréation, il apprit à ses camarades de classe à le craindre, en les espionnant et en dénonçant à ses professeurs ceux qui ne suivaient pas les règlements.

Adolescent, il étudia l'histoire militaire, les guerres et les tactiques impériales. Il avait trouvé sa vocation : asservir ses ennemis comme ses amis.

Trioculus avait peu d'amis, mais c'était sur leur qualité qu'il comptait, pas sur leur quantité. Durant ses études, il avait gagné l'amitié de certains officiers Impériaux et parmi eux, le Grand Moff Hissa, impressionné par sa loyauté envers l'Empire.

Ce fut en tant que protégé du Grand Moff Hissa qu'il grimpa dans la hiérarchie des contremaîtres des mines d'épices. Peu de temps après, toujours avec l'aide du Grand Moff Hissa, il fut nommé Seigneur Contremaître et Esclavagiste Suprême, le titre le plus important de Kessel.

La foule continua d'observer un silence religieux, seulement rompu par quelques chuchotements. Trioculus se mit à parler, d'une voix froide et gutturale.

— Mon père, l'Empereur, avait de nombreux pouvoirs qu'il tenait du Côté Obscur de la Force. Mais sans troisième œil, il ne pouvait atteindre la perfection. Car les anciens savent qu'un Seigneur Noir doté d'un troisième œil bénéficie d'une énergie secrète accessible à nul autre. Et c'est maintenant mon destin de régner sur l'Empire de mon père et d'accéder à la gloire qu'il n'a jamais atteinte.

Le Grand Moff Hissa s'avança.

— Nous avons écouté Trioculus, le fils

de l'Empereur, et nous lui obéirons, tous unis. Préparez-vous à saluer votre nouvel Empereur !

Un officier de la Garde Impériale se leva.

— Un moment, Grand Moff Hissa, dit-il bravement. Seigneur Trioculus, savez-vous que d'autres prétendent être le nouveau souverain de l'Empire ? Je reviens de la planète Gargon. Là, le Grand Amiral Grunger déclare qu'il est notre nouveau chef. Et il l'affirme avec le soutien d'une flotte de trente croiseurs stellaires !

— Je m'occuperai de lui quand je serai prêt, répondit Trioculus. Il apprendra à qui revient de plein droit le trône !

Un amiral se leva et prit la parole.

— Comment pouvez-vous proclamer être l'élu quand vous ne portez pas le gant de Dark Vador ? Les Prophètes du Côté Obscur ont dit que le prochain Empereur porterait…

— En tant que fils de l'Empereur, c'est par mon sang que je règne, non grâce à quelque gant !

— Mais les Prophètes du Côté Obscur sont puissants ! déclara le Garde Impérial.

Ils ont prédit que les Rebelles détruiraient les deux Etoiles Noires. Ils ont vu le futur. Ils connaissent notre destin !

— Moi seul connais le destin de l'Empire ! tonna Trioculus. Et moi seul possède les pouvoirs de mon père et plus encore. Les pouvoirs foudroyants du Côté Obscur m'obéissent !

Trioculus leva les bras et des éclairs jaillirent de ses phalanges. Ils claquèrent dans deux directions, frappant l'officier de la Garde Impériale et le Grand Amiral qui avaient osé mettre ses paroles en doute.

Les deux hommes tombèrent à genoux, suppliant Trioculus d'arrêter. Ils se débattaient et tremblaient, l'électricité crépitant autour d'eux.

Trioculus, montrant pour la première fois quelque trace de pitié, baissa les mains.

— Maintenant, quel va être le premier officier à s'approcher et à me jurer son allégeance ? demanda-t-il.

— Moi ! hurla un général.

— Non, ce sera moi ! cria un Grand Moff qui accourut pour être le premier à s'agenouiller devant Trioculus.

Après avoir écouté les officiers faire vœu de loyauté, il leva les bras, se retourna et sortit par la gigantesque porte noire, suivi par le Grand Moff Hissa.

Dans le stade, tout le monde commentait l'événement.

— D2 ? dit 6PO. Je crois que nous devrions nous éclipser.

Il se retourna pour regarder le petit droïd.

— Hé, attends-moi ! dit-il en apercevant D2 qui s'en retournait déjà vers l'entrée du passage souterrain.

Il se dépêcha de le rattraper.

A mesure qu'ils approchaient de la porte du tunnel, les troupes de choc se faisaient plus denses.

— Oh non ! gémit 6PO en parvenant à leur but.

Les troupes de choc gardaient la porte, et les soldats étaient en train de la verrouiller !

CHAPITRE III

LES SEPT MOTS DE TRIOCULUS

Trioculus quitta le Stade de Kessendra escorté par ses gardes du corps des troupes de choc et accompagné du Grand Moff Hissa. Il était suivi par MD-5, son droïd à la tête étroite et aux yeux brillants.

Le landspeeder blindé les conduisit au titanesque palais noir et métallique qui abritait Trioculus depuis sa promotion au titre de Seigneur Contremaître et Esclavagiste Suprême des Mines d'Epices.

Dès leur arrivée, MD se rendit directement dans les cuisines gargantuesques pour prévenir le chef de préparer le banquet de célébration.

Trioculus et le Grand Moff Hissa furent rejoints par un petit groupe de grands moffs loyaux et un grand amiral de la planète Gargon. Ils prirent place autour d'une longue table de banquet. Un serviteur leur apporta des assiettes de viande de Baleinodon, un mets fin réservé à la classe dirigeante de l'Empire et interdit aux troupes de choc et aux esclaves. La viande de Baleinodon était particulièrement prisée car on la pensait source de puissance.

Les Baleinodons étaient d'énormes créatures ressemblant à des baleines, des mammifères vivant dans les océans de la planète aquatique Calamari. Intelligents

et très sages, leur chasse était prohibée par les lois calamariennes. Mais le braconnage s'était développé et organisé. Malgré le risque d'extinction de la race, il y avait actuellement plus de chasseurs de Baleinodons que jamais sur Calamari. Ils étaient commandés par le capitaine Dunwell, un proche du Comité Central des Grands Moffs, dont il avait toute la confiance.

Trioculus et ses invités eurent bientôt terminé leur dîner. Quand le dessert leur fut servi, le Grand Moff Hissa annonça que le nouvel Empereur avait quelque chose d'important à leur communiquer. Le silence se fit et Trioculus, qui occupait la place d'honneur à l'extrémité de la table se leva, se dressant de toute sa taille au-dessus des convives.

Il ne prononça que sept mots.

— Retrouvez-moi le gant de Dark Vador ! tonna-t-il.

Il les fixa de son troisième œil. Même ses officiers les plus loyaux en eurent des frissons.

Le Grand Moff Hissa savait que la tâche serait délicate. Le Comité Central des

Grands Moffs avait décrété que Trioculus serait le nouvel Empereur. Mais si quelqu'un trouvait le gant et le portait, Kadann, le Prophète Suprême du Côté Obscur pourrait déclarer que Trioculus était un imposteur et devait être déposé.

Dans ce cas, le Comité Central des Grands Moffs perdrait toute crédibilité et peut-être même son influence et ses moyens de pression sur le fonctionnement de l'Empire. Le Grand Moff Hissa ne voulait pour rien au monde laisser cela se produire. Tous les proches et les alliés du Comité Central étaient d'ailleurs prévenus, au cas où l'un d'entre eux trouverait le gant, qu'il devrait avertir Trioculus sans tarder.

Hissa se tourna vers les Grands Moffs présents.

— Nous avons entendu les paroles de notre chef et ferons selon ses désirs. Envoyez des sondbots à la recherche du gant de Dark Vador. J'enverrai des sondes fouiller la lune forestière d'Endor et son espace environnant, pour inspecter la zone où l'Etoile Noire a explosé.

Le Grand Moff Muzzer, le plus mou et

le plus rondouillard des grands moffs, s'exprima :

— L'espace est vaste et le gant est petit. Vous attendez peut-être trop des sondbots impériaux.

— Les sondbots peuvent détecter une bombe à peine plus grande que la main d'un homme, lui répondit le Grand Moff Hissa. Ils ne devraient pas avoir de problèmes pour découvrir un gant. Surtout un gant indestructible.

— Il nous faut une nouvelle base secrète, déclara Trioculus, sautant du coq à l'âne. Il me faut encore décider où. J'attends vos suggestions.

Plusieurs grands moffs se tortillèrent dans leurs fauteuils. C'était nouveau, entièrement nouveau. L'Empereur Palpatine ne leur avait jamais demandé leur avis.

Il fallut attendre quelques secondes pour que l'un d'eux rassemble assez de courage :

— Je suggérerai la planète Tatooine, dit le Grand Moff Dunhausen.

Il portait des boucles d'oreilles et de petites breloques en forme de blasters.

— Nous pouvons nous emparer du spatioport de Moz Esley !

Trioculus refusa immédiatement l'idée.

— Cette planète inutile où mourut Jabba le Hutt ? Pensez-vous que j'ai envie que l'Empire perde son temps à éliminer les pillards Tusken et ces marchands à deux sous, les Jawas ?

Le silence qui précéda l'idée suivante fut plus long.

— Bespin ! dit le Grand Moff Thistleborn. Ses sourcils broussailleux se rejoignaient au milieu et bouclaient aux extrémités.

— Emparons-nous de la Cité des Nuages !

Trioculus ricana.

— Nous avons déjà une barge flottante avec des usines de production d'armement et de pompage de gaz tibanna sur Bespin. En outre, la Cité des Nuages n'est pas l'endroit idéal pour l'entraînement de nos forces.

— Dagobah ? hasarda le grand amiral de Gargon.

— Vous me faites perdre mon temps ! hurla Trioculus.

Les couverts tremblèrent et une carafe de liqueur de framboisine se renversa sur la table.

— H… Hoth ? demanda le Grand Moff Hissa.

Le regard menaçant de Trioculus fit place à un sourire rusé.

— Très bien, Grand Moff Hissa, dit-il. Vous suggérez la plus froide, la plus misérable des planètes de glace. Expliquez-moi votre raisonnement. Je suis tout ouïe.

— La nouvelle base doit se trouver sur une planète qui semblera insignifiante à l'Alliance Rebelle, commença le Grand Moff. Un monde sur lequel les troupes de choc se sentiront à leur aise. Le confort entraîne la paresse et la rébellion. Les bases et les bunkers utilisés par les Rebelles avant que nos AT-AT ne les chassent de la planète existent encore. Nous n'avons qu'à nous installer.

Trioculus en donna d'ailleurs l'ordre.

Les seigneurs de la guerre qui lui étaient loyaux devraient transporter toutes leurs forces Impériales sur Hoth. Les croiseurs d'attaque, les frégates et les navettes ; les forteresses et les croiseurs stellaires, les torpilleurs et les postes de commandement mobile ; les quadripodes AT-AT, les sondbots et les hoverscouts. Tout !

Le grand amiral de Gargon se leva brusquement.

— Vous ne pouvez pas faire ça, Trioculus ! hurla-t-il. Vous êtes trop pressé. Tant que vous n'avez pas trouvé le gant de Dark Vador, vous ne serez pas accepté comme Empereur. Si le Grand Amiral Grunger le trouve le premier et...

ZING !

Le grand amiral s'écroula sur la table de banquet et ne dit plus rien.

Les grands moffs se regardèrent avec surprise. Ils s'étaient attendus à ce que les pouvoirs foudroyants de Trioculus tuent l'insolent. Mais ce n'était pas le style de Trioculus de se fatiguer pour une simple exécution. Le Grand Moff Hissa avait des instructions pour s'occuper de ces menus problèmes, surtout dans le cas d'un traître s'ingérant dans les affaires prioritaires de l'Empire.

C'est donc Hissa lui-même qui fit la sale besogne avec son blaster.

6PO et D2 étaient perdus dans les rues de Kessendra. Incapables de quitter le stade par où ils étaient arrivés, ils avaient choisi de suivre le flot de droïds qui s'éloignaient du lieu de la réunion, espérant ne pas être remarqués. Dans la ville, ils n'avaient pas trouvé un seul panneau indicateur correspondant aux informations des banques de données de D2.

— *Tzoooooot gniiiiiizba !* siffla un D2 frustré.

— Du calme, D2, il doit y avoir une erreur, dit 6PO. Nous allons nous y retrouver.

— *Chpeeeeeeeez phoooooooch !* lui répondit D2.

— Alors cherchons la prochaine rue et vérifions à ce moment-là, répliqua 6PO en se dirigeant vers le sud.

— *Pchoook ftiiiiz mebiiiiing kniiiish !* D2 siffla bruyamment quand ils arrivèrent au panneau suivant.

6PO secoua la tête de consternation.

— Boulevard des Esclavagistes. Non, vraiment, cela n'a rien à voir avec l'Avenue des Mines d'Epices. Toutes les rues ont dû être rebaptisées depuis que Mon Mothma a obtenu ses informations.

Les deux droïds erraient au hasard dans les rues tortueuses de la capitale. Elles étaient pleines de troupes de choc et les véhicules de transport d'épices se frayaient difficilement leur chemin. Les deux droïds manquèrent même de se faire écraser par des officiers Impériaux dans un speeder limousine.

Après quelques heures passées à tourner en rond, 6PO et D2 réussirent à sortir de la capitale et se dirigèrent vers les montagnes qui abritaient les mines d'épices.

— Je n'ai rien d'un espion, déclara 6PO, dénichant un passage entre les arbres. Je ferais mieux de retourner travailler sur les élévateurs binaires. C'était mon premier emploi. Je ne sais toujours pas pourquoi je l'ai quitté.

— *Deeeeewooop brooooop !* siffla D2.

Une antenne radar miniature sortit de la tête du petit droïd et se mit à tourner dans tous les sens.

— J'espère vraiment que nous retournerons sur Yavin Quatre, répondit 6PO. Messire Luke fondra un fusible quand il va apprendre les nouvelles concernant le fils de l'Empereur.

— *Tsoooooch briiiiiiib !*

— Quoi encore, espèce de tas de boulons hystérique ?

SHIBOOOOOM !

6PO leva les yeux et vit dans le ciel rose un speeder de commandement Impérial.

En un instant, il y eut bientôt trois speeders, puis quatre !

Ils volaient à proximité des montagnes, à la recherche de quelque chose, ou de quelqu'un...

6PO calcula les probabilités qu'ils soient à la recherche d'une certaine capsule météorite et deux droïds. Il secoua la tête de consternation quand il se rendit compte que les chances que les Impériaux sachent qu'ils étaient là étaient de 1 245 contre 1.

Il conduisit D2 derrière un énorme rocher, à l'abri duquel ils purent jeter un œil sur la météorite qui les avaient transportés sur Kessel. Mais ils n'eurent pas le temps de l'observer plus longtemps car un speeder commença à tirer sur les rochers environnants.

— Quelque chose me dit que je ne vais

pas aimer ce qui va suivre, dit 6PO sur un ton sinistre.

Un rayon frappa la capsule, la pulvérisant devant les senseurs optiques des droïds.

— Oh, nooooooooon !

6PO était affolé. Les ennuis ne faisaient que commencer, du moins en apparence. Le speeder Impérial atterrit près des débris. Des troupes de choc en descendirent et inspectèrent les environs.

— Nous sommes perdus ! gémit 6PO.

— Baissez-vous ! dit une voix familière.

6PO se retourna et faillit « s'étrangler »

de surprise quand l'homme vêtu de sa robe verte d'esclave releva son capuchon et révéla son visage.

— Messire Luke ! Vous nous avez retrouvés ! Oh, merci ! Mais, que faites-vous ici ?

— Je suis venu vous chercher. Quand nous nous sommes aperçus que votre capsule n'avait pas redécollé, nous avons déduit, avec l'Amiral Ackbar, que vous pouviez avoir besoin d'aide. Nous avons pris beaucoup de risques pour atterrir ici. Vite... par ici !

Les droïds suivirent Luke Skywalker dans la forêt kesselienne. Quelques instants plus tard, ils arrivèrent à la navette de commandement capturée par l'alliance.

Une fois à bord, ils saluèrent l'amiral Ackbar, qui se trouvait aux commandes, et ils décollèrent rapidement.

Les speeders les suivirent en tirant.

Ackbar et Luke ripostèrent, réussissant une série spectaculaire de tirs au but. L'un après l'autre, leurs adversaires s'écrasaient sur la surface de Kessel.

Ils quittaient la haute atmosphère de Kessel quand le radar de D2 se mit à tourner dans tous les sens. Cela avait l'air urgent.

— *Bzzz tzzzt gniiiz bzheeep dzz dzooop !*

— Mon Dieu, dit 6PO, D2 nous déconseille fortement de nous diriger sur Yavin Quatre. Il vient de repérer des sondbots impériaux sur notre trajectoire !

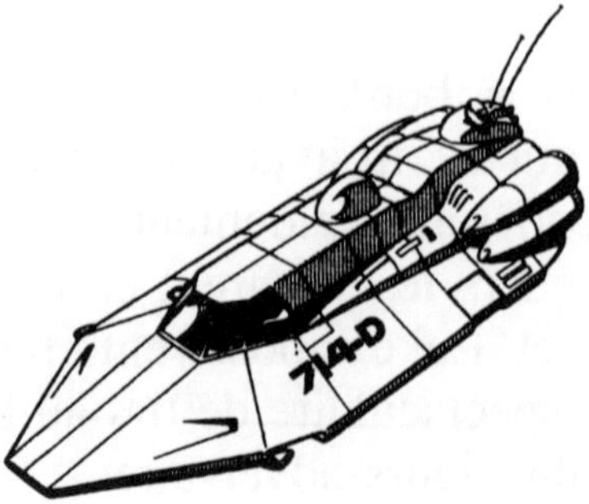

CHAPITRE IV

BALEINODONS EN VOIE DE DISPARITION

Des centaines de sondbots fouillaient l'espace à la recherche du gant de Dark Vador.

Trioculus, attendant les rapports des sondes, retarda l'installation des forces Impériales sur la triste planète glacée Hoth.

Les nouvelles commencèrent à arriver.

Les sondbots avaient tout trouvé, sauf ce que voulait Trioculus. Ils avaient découvert des débris de l'Etoile Noire, des prisonniers évadés, des bombes, des vaisseaux de l'Alliance et des chasseurs de primes volant du matériel impérial. Ils avaient même détecté la Navette de Commandement 714-D déclarée manquante. Ils avaient perdu sa trace quand elle avait changé brusquement de trajectoire et filé dans un champ d'astéroïdes radioactif. C'était une zone dangereuse. Seuls quelques vaisseaux en étaient ressortis.

Mais aucun signe du gant de Dark Vador.

Trioculus se défoula en chassant les insectes géants dans les montagnes kesseliennes. Il en tua trois ; chaque fois le Grand Moff Hissa le félicita avec enthousiasme.

Mais Trioculus n'était pas satisfait. Il voulait plus. Une chasse à la mesure de sa colère, un gibier digne de lui. Il voulait se rendre dans les jungles d'ammoniaque de la planète Cona pour chasser les dragons stellaires !

Mais quand le Grand Moff Hissa proposa une date pour ce safari, il changea vivement de sujet.

— Certaines de mes forces me contestent-elles encore le droit d'être le nouvel Empereur ? demanda-t-il.

— On m'a parlé d'officiers des troupes

de choc qui vous discuteraient ce droit, Seigneur Trioculus, répondit le Grand Moff Hissa.

— Je veux leurs noms, hurla Trioculus avec colère. Leur trahison sera punie !

— Oui, votre seigneurie.

Le Grand Moff chercha quelques nouvelles récentes à annoncer à Trioculus.

— Je pense que vous aimerez savoir qu'un vaisseau dragueur a découvert ce matin ce qui aurait pu être un gant, dit-il enfin. En fait, il s'agissait d'une vieille main rouillée de droïd, flottant dans l'espace dans un nuage d'hydrogène.

— Je ne veux pas entendre parler de mains de droïd, Hissa, lui dit Trioculus avec un rictus mauvais. Ma patience a des limites, et je sens qu'elles vont être bientôt atteintes...

Peu de temps après leur retour au palais, un chargement de viande de Baleinodon fut livré en cuisine. Il était arrivé de la planète Calamari dans un croiseur Impérial de classe carrack. Le livreur venait directement du spatioport de Kessel.

Il s'inclina devant le Grand Moff Hissa.

— Seigneur, outre mon chargement, j'ai

également un message pour le Seigneur Trioculus de la part du capitaine Dunwell, dit-il.

Il brisa le sceau de la petite malette qu'il portait, sortit un disque holographique et le tendit au Grand Moff.

— Veillez à ce que personne ne me dérange. Je veux savoir ce que le capitaine Dunwell doit me dire de si important, ordonna Trioculus dès qu'il fut en possession du disque.

Il emporta le disque dans l'un de ses appartements privés et l'inséra dans un holo-projecteur. Le visage du capitaine Dunwell apparut bientôt, flottant devant Trioculus.

Le capitaine arborait une courte barbe blanche sur un visage rougeâtre et parcheminé. Il portait l'uniforme bleu de la marine avec des boutons brillants et un rang de décorations.

— Mes salutations, Seigneur Trioculus, commença-t-il. Ici, sous les océans de Calamari, j'ai fait une découverte incroyable. Le Comité Central des Grands Moffs m'a ordonné de m'adresser directement à vous. Vous le savez, j'ai toujours été loyal aux grands moffs. Je vous invite donc à venir me rejoindre avec diligence, ici sur Calamari, au Centre de Traitement des Baleinodons. Votre seigneurie ne sera pas déçue.

Dans les profondeurs des océans de Calamari, Leviathor, le vieux chef albinos, se laissait porter par les courants du cimetière des Baleinodons. En quelques années, tant d'ossements de carcasses de Baleinodons avaient été déversés là par les chasseurs du capitaine Dunwell que le sol en était devenu blanc.

Leviathor surplombait le bord déchiqueté d'un cratère près de la forêt d'algues. Même d'aussi loin, il entendait les maudites machines bouillonner dans le gigantesque complexe sous-marin au fond du cratère : le Centre de Traitement des Baleinodons.

Leviathor savait trop bien que c'était là que le capitaine Dunwell et son équipage d'Aqualishs abattaient et traitaient les Baleinodons capturés.

Il y avait maintenant trop de jeunes orphelins. Et de plus en plus de vieux solitaires se cachaient dans les ténèbres des cavernes sous-marines, eux qui auparavant parcouraient librement les océans de Calamari.

Battant l'eau de sa puissante nageoire caudale, Leviathor sentait brûler en lui un feu invisible. Il se souvenait de nombreux Baleinodons sages et lettrés, maintenant disparus. Ils ne pourraient plus jamais chanter ni apprendre leurs chants aux jeunes générations. Il ne restait rien, plus rien que leurs ossements. Il fallait sauver son espèce avant qu'il soit trop tard...

Une lueur intense brilla derrière le grand mâle. Il était repéré ! Ils étaient sur lui !

Le gigantesque Baleinodon se retourna et fit face à la menace. C'était le plus gros sous-marin qu'il ait jamais vu. Le vieux solitaire l'évita et plongea dans les profondeurs. Mais le chasseur le suivait où qu'il aille.

Leviathor nageait pour sauver sa vie, son énorme cœur battant à tout rompre.

Il y eut un rugissement derrière lui et, dans le bouillonnement d'écume, il sentit le tourbillon qui l'attirait irrésistiblement.

Il plongea à nouveau. Nageant comme jamais, même du temps de sa jeunesse, il se dirigea dans la grande forêt d'algues, vers une grande caverne corallienne.

Il resta dissimulé jusqu'à ce que la machine de mort soit passée. Alors il nagea vers la cité bulle d'Aquarius, le centre sous-marin de la civilisation de Calamari. Il devait chercher de l'aide pour sauver les Baleinodons, et vite !

A bord de la navette de commandement 714-D, le bouclier antiradioactivité avait rempli son office. Il avait été récemment installé, permettant à Luke et à l'Amiral Ackbar de sortir sains et saufs de la zone d'astéroïdes. Ils y avaient pénétré pour échapper aux senseurs des sondbots impériaux.

— Luke, nous allons nous rendre sur Calamari, dit Ackbar en programmant le pilote automatique vers sa planète d'origine. Là, nous transférerons les informations de D2 concernant Trioculus et les officiers Impériaux dans un ordinateur, puis nous les analyserons.

— Mais Mon Mothma et la princesse Leia ont besoin de cette information maintenant !

— Nous risquons de nous faire repérer par les Impériaux si nous naviguons à proximité de Yavin Quatre, expliqua

Ackbar. Nous nous ferons oublier un moment sur Calamari, puis nous enverrons un cargo calamarien vers Yavin Quatre avec les données codées à son bord.

— Une fois sur Calamari, demanda 6PO, les droïds de la cité bulle d'Aquarius pourront-ils nous rendre nos apparences habituelles ?

— Es-tu bien sûr que c'est ce que tu désires ? lui répondit Luke avec un sourire. Je commence à m'habituer à vous ainsi, verts et laids.

— Honnêtement, messire Luke, votre sens de l'humour m'échappe parfois.

La navette quitta l'hyperespace dans le secteur de Calamari et l'Amiral Ackbar prit contact avec Pisces Un, l'une des nombreuses « villes plates-formes » installées sur les océans calamariens.

— Ici l'Amiral Ackbar, du Sénat de la nouvelle République, aux commandes de la navette 714-D. Je demande la permission d'aborder sur Pisces Un.

— Bien reçu, 714-D, répondit le contrôleur. Vous avez la permission d'aborder. Bienvenue, Amiral.

Sur Pisces Un, Ackbar, Luke et les droïds ne tardèrent pas à embarquer à bord d'une navette sous-marine en direction d'Aquarius.

Aquarius était la seule cité sous-marine de Calamari. Elle était entourée d'une gigantesque bulle, la moitié inférieure reproduisant à merveille les fonds marins et la moitié supérieure en plein air. A Aquarius, que l'on soit amphibie ou aérien, on vivait dans un esprit d'égalité et de fraternité.

La navette approcha de la cité bulle et suivit le tunnel d'accès. Elle fit surface sous le grand dôme translucide et aborda.

Luke et les droïds débarquaient quand l'Amiral Ackbar s'arrêta brusquement.

— Qu'y a-t-il ? demanda Luke, inquiet.

— Ecoutez ! Un chant de Baleinodon !

Luke l'entendit aussi. Une triste mélodie, à peine audible, qui venait du plus grand canal de la cité sous-marine.

Ackbar traça son chemin à travers la foule et conduisit Luke et les droïds jusqu'au canal. Là, ils virent Leviathor, ses bosses blanches affleurant la surface de l'eau.

L'amiral Ackbar était l'un des seuls hommes-poissons aériens qui comprenaient les chants des Baleinodons. Leviathor décrivit le nouveau sous-marin du capitaine Dunwell. Il chanta sa peine et la menace qui pesait sur son espèce. Les grands yeux tristes d'Ackbar se remplirent de larmes.

— Sage parmi les sages des océans calamariens, dit l'Amiral Ackbar, je ferai tout ce qui est en mon pouvoir pour te sauver toi et les tiens. Je t'en fais la promesse.

— Dites-lui que je vous aiderai. Il en a ma parole, ajouta Luke Skywalker.

CHAPITRE V

LA DÉCOUVERTE DU CAPITAINE DUNWELL

Impatient d'apprendre ce qu'avait découvert le capitaine Dunwell, Trioculus décolla pour Calamari à bord d'un croiseur d'attaque. C'était un modèle modifié pour se déplacer aussi aisément sous les mers que dans l'espace.

Aussitôt arrivé dans l'atmosphère de la planète, le croiseur plongea dans les profondeurs des océans. Dans le poste d'observation, Trioculus fouillait de ses trois yeux l'obscurité des fonds marins.

Il devina le bord d'un cratère et, quelques instants plus tard, distingua au fond de celui-ci les contours encore flous du Centre de Traitement des Baleinodons.

— Nous sommes entrés en contact avec le capitaine Dunwell, dit le Grand Moff Hissa. Il est prêt à vous accueillir avec une salve de trente canons-laser et une présentation militaire.

— Il n'en est pas question ! dit Trioculus d'un ton cassant. Si j'avais voulu me faire remarquer, j'aurais demandé une parade, pas une rencontre privée.

— Vos désirs sont des ordres, Majesté.

Le croiseur Impérial approchait du Centre de Traitement. Trioculus aperçut le nouveau sous-marin du capitaine Dunwell, le Harpoon, amarré à l'un des quais extérieurs.

— Il est équipé avec des générateurs de tourbillons, expliqua le Grand Moff. Pour aspirer les Baleinodons et les envoyer dans les compartiments de stockage. Les générateurs sont alimentés par un réacteur à antimatière.

— Très impressionnant, dit Trioculus.

Le grand croiseur Impérial accosta dans l'immense usine sous-marine. Hissa surveillait attentivement les manœuvres de l'équipage.

GRONGGGG !

Un bruit métallique assourdissant retentit quand l'énorme porte se referma derrière le croiseur d'attaque. L'eau de mer fut aussitôt pompée de la cale sèche : Trioculus et le Grand Moff Hissa, suivis par le droïd MD-5 purent débarquer et pénétrer dans le Centre de Traitement.

Le capitaine Dunwell les attendait. Il s'agenouilla devant le commandant de l'Empire.

— Seigneur Trioculus, dit-il, recevez mes salutations Impériales.

Il le regarda et lui sourit avec fierté.

Trioculus apprécia peu l'accueil. Il sentait, à l'expression du regard, que l'homme était dégoûté par son troisième œil.

— J'espère que votre voyage a été agréable, lança le capitaine Dunwell en tripotant sa courte barbe blanche.

— Je ne suis pas venu ici pour vous entendre parler de mon confort personnel, répondit Trioculus. Je veux savoir ce que vous aviez à me montrer de si urgent pour m'obliger à me déplacer jusqu'ici.

— Bien sûr, votre seigneurie, dit le capitaine nerveusement. Suivez-moi, nous serons plus tranquilles dans mon bureau.

Ils grimpèrent quelques escaliers et suivirent une passerelle métallique surplombant un vaste atelier. Sous leurs pieds, des douzaines d'Aqualishs dépeçaient des carcasses de Baleinodons. Ils découpaient la viande en gros quartiers et la chargeaient sur des chariots avant de l'envoyer à la Division de Contrôle de Qualité.

Les Aqualishs, dont le visage rappelait étrangement les morses, avaient une peau lisse et dure, et de grands yeux. C'était une race guerrière et combative de chasseurs de primes, de mercenaires et de chasseurs de Baleinodons.

Trioculus regardait les travailleurs en parcourant la passerelle. Il hocha la tête en signe d'approbation mais son esprit était ailleurs. En réalité, il bouillait d'impatience et sa main droite commençait à le démanger.

— J'espère que vous trouvez cela intéressant, dit le capitaine Dunwell. Mon bureau est un peu plus loin.

De plates-formes en corridors glacials, ils parvinrent au bureau le plus important du Centre, celui du capitaine Dunwell. De l'immense hublot, qui occupait tout un mur, il avait une vue magnifique sur l'océan. Dans la forêt d'algues se cachaient toutes les espèces de poissons calamariens. Il y en avait de toutes les formes, de toutes les couleurs et de toutes les tailles imaginables.

Le capitaine Dunwell ferma la porte derrière Trioculus, Hissa et MD-5. Il montra une carte de navigation.

— Voici la route que j'ai suivie lors de mon dernier voyage dans la vallée des Huîtres Géantes, de l'autre côté des Montagnes Englouties. Et c'est là, continua-t-il en montrant une petite zone du relief sous-marin, que j'ai découvert les débris d'une explosion.

Il montra à Trioculus les quelques fragments de métal qui se trouvaient sur son bureau.

— J'ai pu ramener ces morceaux avec moi. Je les ai fait analyser par un de mes ingénieurs, il s'agit bien de fragments de l'Etoile Noire. Au premier abord, je ne pouvais y croire — l'étoile a explosé en orbite d'Endor, à des millions de kilomètres de là.

— La gravitation des trous noirs et d'autres phénomènes spatiaux peuvent créer des déchirures, des plis et des déformations de l'espace, expliqua Hissa. Des astéroïdes et des vaisseaux stellaires ont déjà été portés disparus dans ces pièges pour réapparaître à des millions de kilomètres. Le même phénomène a dû se produire pour les débris de l'Etoile Noire.

— Assez d'hypothèses, l'interrompit Trioculus. Continuez, capitaine Dunwell.

Il fixa le capitaine avec son troisième œil, envoyant des ondes hypnotiques. Ainsi il ne pourrait rien lui cacher. Le capitaine pâlit et déglutit lentement.

— L'un des fragments de l'Etoile Noire était énorme, plus grand qu'un chasseur X. Il était complètement fondu et déformé, trop volumineux pour que je puisse le rapporter dans mon vaisseau. Je me suis équipé et je suis sorti l'examiner. J'ai essayé d'en prélever un morceau, mais mon laser n'était pas assez puissant. C'était creux, j'en étais sûr et j'ai utilisé mon scanner à rayons X pour découvrir ce qu'il y avait à l'intérieur.

Il fit une pause pour ménager son effet.

— Permettez-moi de vous montrer ce que le scanner a révélé.

Le capitaine ouvrit un tiroir et en sortit plusieurs radiographies. Il étudia la première, puis la suivante, puis encore une autre.

— Là, dit-il. Regardez sur celle-ci.

Il montrait du doigt une petite tache.

Trioculus se pencha pour mieux voir. Il ferma ses deux yeux inférieurs et focalisa le troisième. La tache indiquée par Dunwell ressemblait à un objet. Un objet avec cinq doigts. Etait-ce une main ? Ou un gant ?

Trioculus regarda sa main droite. Elle tremblait à l'idée que son rêve allait bientôt se réaliser. Aucune main humaine ou extraterrestre n'aurait pu résister à la chaleur de l'explosion de l'Etoile Noire. Un gant, un seul, était connu pour être indestructible. Ce ne pouvait être que celui-là. Il était enfin à sa portée, un simple voyage sous-marin l'en séparait... Son destin s'accomplirait bientôt.

— Vous avez eu raison de m'inviter ici, dit Trioculus en se calmant. Vous serez récompensé.

— Merci, votre seigneurie, dit le capitaine avec fierté.

— Quand pouvez-vous nous mener à la vallée des Huîtres Géantes ? demanda le Grand Moff Hissa.

— Je vais à l'instant ordonner à mon équipage de préparer le Harpoon, répondit le capitaine.

Quelques instants plus tard, tout était prêt.

KRR-RR-AAAAAANG !

Dans un rugissement et un bouillonnement d'écume, le Harpoon se dégagea de sa cale sous-marine et prit de la vitesse.

Le capitaine Dunwell fit faire à Trioculus le tour du propriétaire, lui montrant toutes les options spéciales.

Le visage du nouvel Empereur s'assombrit d'un sourire mauvais.

— Avec autant de nouvelles technologies à bord, vous avez tout intérêt que l'Alliance Rebelle ne le capture jamais.

— N'ayez aucune crainte, répondit Dunwell. Dans le cas d'une bataille sous-marine sur Calamari, je détruirai le Harpoon moi-même avant qu'il ne tombe entre les mains des Rebelles.

Le cœur de Luke Skywalker bondissait dans sa poitrine à mesure que 6PO traduisait les sifflements aigus de D2. Il avait maintenant accès à toutes les données concernant le rassemblement Impérial dans le stade de Kessendra.

Luke et l'Amiral Ackbar foncèrent dans les bureaux du RRPS de Calamari. Cela faisait déjà des mois que Luke recevait des rapports des services de renseignements parlant d'un fils de l'Empereur Palpatine. Ces rumeurs étaient niées par l'Empire et les moffs, mais lors du rassemblement de Kessendra, tous avaient

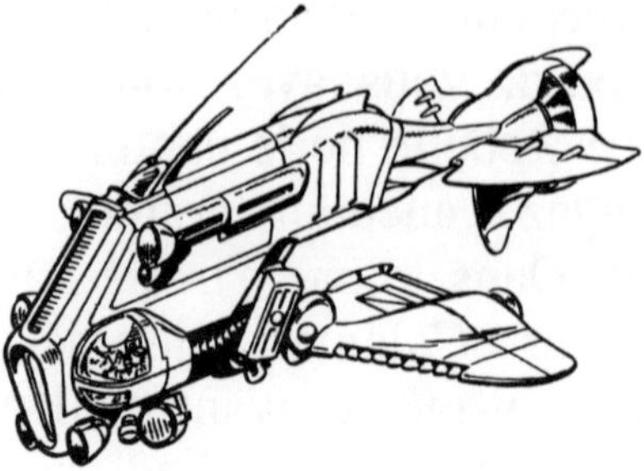

avoué avoir menti. Luke avait la migraine rien que d'y penser. Comment pouvait-on encore croire ce que déclaraient ces gens quand ils étaient capables de modifier la « version officielle » jour après jour selon leurs besoins ?

Luke et Ackbar se chargèrent de contacter Mon Mothma et de lui envoyer les informations sur Trioculus. Pendant ce temps, 6PO et D2 s'étaient rendus au Centre de Maintenance Robotique.

Là, on donna à 6PO un masque qui était la copie exacte de son ancien modèle, mais plus brillant, sans accrocs, bosses ou éraflures. En un mot, neuf. Il contempla avec amour son nouveau placage, admirant ses dorures sous tous les angles.

D2-R2 fut repeint avec ses couleurs habituelles. Mais c'est son dôme tout neuf, bleu et argent, qui lui causa la plus grande joie. Il tourna en rond, comme un enfant, pour exprimer son plaisir.

Une fois les droïds sortis de l'atelier, Luke, 6PO et D2 embarquèrent à bord d'un sous-marin calamarien. Le minisubmersible, construit en forme de poisson, était commandé par l'Amiral Ackbar.

— Mon Mothma est maintenant en possession de toutes les informations nécessaires sur Trioculus, dit Ackbar. Il est temps d'aider les Baleinodons. Le mieux est d'aller tout de suite à leur cimetière — vous vous rendrez ainsi compte immédiatement de la gravité du problème. De plus, nous serons tout près du Centre de Traitement des Baleinodons du capitaine Dunwell...

— *Dzneeeeeeek ?* siffla D2.

— D2 voudrait savoir ce qu'ils y font, traduisit 6PO.

— C'est là qu'ils abattent les Baleinodons qu'ils ont capturés, dit l'Amiral

Ackbar. Ils transforment ces splendides créatures intelligentes en nourriture pour les officiers Impériaux !

— Quelle horreur ! dit 6PO, secouant la tête, consterné.

— Pendant des années, la chasse aux Baleinodons a été interdite par les lois de Calamari, expliqua l'Amiral Ackbar. Mais nous ne pouvons rien contre le capitaine Dunwell. Il exécute les ordres du Comité Central des Grands Moffs. Ils veulent de la viande de Baleinodons, même si cela doit détruire l'écologie de Calamari...

— *Chnooozbch kjiiiik ?* siffla D2.

— D2 voudrait savoir comment la destruction des Baleinodons détruit l'écologie de votre planète, traduisit 6PO.

— Les Baleinodons se nourrissent de plancton végétal, des plantes minuscules qui poussent à la surface de nos océans, expliqua Ackbar. Si ces plantes se développent anarchiquement, elles consommeront tout le dioxyde de carbone de l'atmosphère. Les lois de la photosynthèse... Sans le dioxyde de carbone, le climat de la planète se refroidira de manière catastrophique. Nous avons besoin des Baleinodons pour contrôler la croissance du plancton. Sinon, Calamari risque de se réveiller un beau matin en pleine ère glaciaire.

L'attention de l'Amiral Ackbar fut soudain attirée par un écho sur son sonar.

— Luke, jette un coup d'œil là-dessus, dit-il sérieusement.

Il montrait un cercle brillant sur l'écran du sonar.

— Dans cette zone, le seul vaisseau de cette taille est le Harpoon, le sous-marin du capitaine Dunwell. Allons voir ce qu'il prépare.

Le minisubmersible calamarien suivit la forme sombre et colossale. Les lumières des coraux phosphorescents se reflétaient sur les flancs du Harpoon, dévoilant les formes de la forteresse sous-marine.

Silencieusement, et en conservant la même route, le sous-marin calamarien resta à distance. Sa petite taille et son puissant système antidétection le rendaient pratiquement impossible à détecter, sauf à très faible distance.

Dans la petite cabine, Luke Skywalker surveillait le hublot. 6PO était attaché sur le siège arrière, sous les commandes de navigation de secours. D2 était coincé contre les genoux dorés du droïd.

Luke aperçut la forme blanche de Leviathor conduisant un groupe de Baleinodons hors du chemin du redoutable sous-marin et faillit s'étouffer d'horreur en voyant une masse tourbillonnante d'écume, comme un cyclone sous-marin, se diriger droit sur lui.

L'amiral Ackbar se battait avec ses commandes pour contrôler le petit sous-marin, ballotté par les eaux comme un fétu de paille en pleine tempête. Luke était impuissant. Leviathor tenta de s'échapper, se débattit, mais le tourbillon se saisit de lui.

L'aspiration attira d'abord Leviathor en arrière, la queue la première. Puis le Baleinodon se mit à tourner sur lui-même, de plus en plus vite... Une porte s'ouvrit sur le flanc du sous-marin chasseur. En quelques secondes, Leviathor fut avalé et disparut.

THUUUU-WHOMP !

La porte métallique se referma. Même à travers les eaux, Luke entendit des bruits sourds dans les flancs du Harpoon.

— C'est un jour noir pour Calamari, dit Ackbar en tremblant. Sans Leviathor, les Baleinodons n'ont plus aucune chance.

La mâchoire de Luke s'affaissa quand il vit un autre Baleinodon pris au piège par le tourbillon. L'animal tenta de s'échapper. Il fut lui aussi aspiré dans un compartiment de stockage.

Un troisième Baleinodon fut capturé.

Et un quatrième.

Ackbar mit la barre à bâbord. Le mini-sous-marin calamarien effectua un virage serré et prit de la vitesse.

— Nous pouvons sûrement faire quelque chose, dit 6PO en se frottant les doigts nerveusement. Ils ont capturé quatre Baleinodons en quelques minutes, y compris Leviathor.

— C'est sans espoir, murmura Ackbar.

Luke se rappela toutes les situations sans espoir qu’il avait connues au cours de sa vie. Combien de fois avait-il eu envie de tout abandonner, d'arrêter de lutter? Pourtant, jamais il n'avait cédé.

S'il n'y avait qu'un seul espoir de sauver les Baleinodons, ils ne pouvaient le laisser échapper... Ils continuèrent de suivre le sous-marin chasseur en direction des Montagnes Englouties.

Luke louchait en essayant de garder le contact avec le colossal vaisseau dans l'ombre des falaises sous-marines. Dans ces eaux sombres, il pouvait à peine l'apercevoir... La forteresse se dirigea vers une large passe entre deux falaises découpées.

— Il n'y pas de Baleinodons dans cette zone — notre destination m'échappe, dit l'Amiral Ackbar, se demandant où le capitaine Dunwell se rendait.

C'était un voyage dangereux pour le petit submersible, dans les montagnes déchiquetées qui surgissaient du fond de l'océan. Des courants brûlants bouillonnaient et secouaient le sous-marin comme un jouet. Et il fallait éviter les chutes de rochers...

Quand ils émergèrent de ce canyon au cœur des montagnes, ils atteignirent une large vallée. Luke n'avait jamais rien vu de tel. Elle était baignée par une douce lumière verdâtre qui provenait d'une luxuriante forêt de plantes en fleurs. De petits éclairs de couleur illuminaient l'eau : des éclats d'anguilles extraterrestres qui vivaient et se développaient dans les profondeurs des océans de Calamari. Les anguilles, les énormes perles des coquilles béantes des huîtres géantes qui jonchaient le sol de la vallée... Un émerveillement.

Luke ne savait pas ce qui le surprenait le plus, le nombre d'huîtres ou leur taille. Toutes étaient capables de l'avaler d'une seule bouchée.

Les perles et les anguilles n'étaient pas les seules à briller. Un miroitement attira l'œil de Luke. Il provenait de bords acérés qui semblaient être des morceaux de métal.

Le dôme de D2 tourna de droite à gauche et sa petite antenne radar sortit aussi haut qu'il le put. Il siffla et couina.

— *Tweeeeez bziiiiii !*

— Je suis d'accord avec toi D2, s'exclama 6PO, c'est un vrai champ de mines. Il y a des débris métalliques partout.

— Cela ressemble aux restes d'une explosion, dit l'Amiral Ackbar. Luke, ton unité D2 peut-elle examiner un fragment de métal et déterminer sa structure atomique ?

— *Jizoookch !*

— Affirmatif, traduisit 6PO.

— Utilisons le bras mécanique, dit Ackbar.

L'amiral maîtrisait à merveille les commandes du bras manipulateur et sortit une longue perche métallique équipée d'une pince. La pince attrapa un petit échantillon ; la perche rentra dans son logement, à l'intérieur du minisubmersible.

Quelques secondes plus tard, une fente étroite s'ouvrit dans le sol du petit vaisseau à côté de la botte de Luke. Il se pencha et ramassa le débris.

— A toi, D2, dit-il en le tenant devant son droïd. Fais un relevé rapide.

— Je veux en particulier savoir s'il contient du donium ou du phobium, dit Ackbar.

— *Gooooo-zizzz beee-zeeez !* siffla D2.

6PO traduisit aussitôt. Le métal contenait six pour cent de donium, un élément lourd utilisé par l'Empire dans tous ses matériels militaires. Il contenait aussi trois pour cent de phobium.

— Le phobium était extrait des mines de Gargon sous le règne de l'Empereur

Palpatine, dit Ackbar. A ma connaissance il n'avait qu'un seul emploi : recouvrir les parois du réacteur de l'Etoile Noire.

Les yeux de Luke s'écarquillèrent de surprise.

— Ce sont donc des morceaux du réacteur de l'Etoile Noire !

Il regarda de nouveau à travers son hublot. Le Harpoon avait stoppé ses machines et restait immobile.

Un petit engin, sans doute un véhicule de sauvetage, se dégagea du sous-marin. Il était utilisé pour l'exploration et non pour le sauvetage.

Il approcha doucement d'une masse importante de métal enchevêtré et fondu, de la taille d'un speeder de commandement. Luke frissonna en réalisant ce qui allait suivre.

CHAPITRE VI

DIX MINUTES AVANT L'AUTODESTRUCTION

L'écoutille du sous-marin de sauvetage s'ouvrit et Trioculus en sortit seul, le Grand Moff Hissa attendant son retour avec les autres.

Trioculus portait une combinaison de plongée de la dernière génération, avec un casque équipé d'un projecteur miniature à arc. Il avait emporté avec lui quelques détonateurs thermiques.

KABRAAAA-AAM !

Les détonateurs thermiques ouvrirent un passage sur le côté de l'énorme fragment de l'Etoile Noire gisant sur le fond marin.

Trioculus put s'introduire à l'intérieur. Il régla son projecteur de façon à examiner les débris mécaniques qui l'entouraient.

Il découvrit un gros bloc, sans doute les restes calcinés d'une antenne à énergie. Il découvrit également un labyrinthe de tubes de refroidissement de turbolasers et de barreaux d'égaliseurs ioniques, mêlés et fondus de telle façon qu'on ne pouvait plus les distinguer.

Le troisième œil de Trioculus repéra trois phalanges noires qui dépassaient derrière les ruines d'un désactivateur ionique. Il le poussa brutalement. Il était là, devant lui : un gantelet noir, d'une seule pièce, en parfait état malgré la chaleur de l'explosion et son séjour dans l'eau.

Dark Vador l'aurait porté à sa main droite qu'il n'aurait pas été en meilleur état.

Luke se mordait les lèvres en regardant à travers le hublot. Avec ses jumelles sous-marines, il avait pu voir que le plongeur avait trois yeux : Trioculus !

Le tyran Impérial rentra dans son sous-

marin de sauvetage et Luke se demanda s'il avait découvert le gant de Dark Vador.

— Ackbar, demanda Luke, peut-on rattraper le sous-marin avant qu'il retourne dans le Harpoon ?

— Je ne vois pas comment, répondit Ackbar. Si nous approchons trop, nous serons vite repérés. Une salve de leurs canons-laser et c'en est fini de nous.

— Je propose que nous fuyions, dit 6PO.

Luke se rappelait les paroles de Yoda, son maître Jedi.

Luke, c'est ton combat. L'éviter, tu ne peux. Echapper à ton destin, tu ne peux.

— Nous ne fuirons pas, 6PO, dit Luke en se tournant vers l'homme-poisson calamarien. Amiral Ackbar, existe-t-il un moyen de signaler notre présence à Trioculus et communiquer avec lui ?

— Tu veux dire... lui faire savoir que nous sommes là ?

— Oui. Si nous nous rendons, il nous fera monter à bord pour interrogatoire. Ce sera la dernière erreur qu'il commettra.

— Ou la dernière que *nous* commettrons, répondit Ackbar.

Une pensée assaillit Luke.

— Nous pourrions aussi attaquer.

— Attaquer ? s'exclama 6PO avec horreur.

C'était une vieille technique Jedi : attaquer quand toutes les chances sont contre vous et quand il n'y a pas d'autres moyens pour sauver votre vie ou celles de vos alliés. Luke avait utilisé ce procédé à bord de la barge de Jabba le Hutt quand ses amis étaient sur le point d'être exécutés.

— Ackbar, rapprochez-vous d'eux, dit Luke. En avant toute.

— En avant toute, répéta difficilement l'Amiral Ackbar.

— Oh, j'espère que vous savez ce que vous faites, messire Luke, dit 6PO d'une petite voix geignarde. Ne dites pas que je ne vous aurai pas prévenu...

L'Amiral Ackbar écrasa l'accélérateur et le petit submersible fila au maximum de sa vitesse.

FAZHOOOOM !

Le sous-marin fonçait dans les eaux sombres quand ce fut soudain la panne. Ils se retrouvèrent dans l'obscurité totale, plus rien ne fonctionnait.

— Je crois que j'ai accéléré un peu fort, dit Ackbar. Le système a dû disjoncter. 6PO, lève-toi et essaye d'atteindre le levier d'urgence, juste au-dessus de ta tête. Maintenant, tire fort d'un coup sec ! C'est ça !

Les générateurs auxiliaires se mirent en marche et un gouvernail de secours tomba du plafond, directement sur les genoux de 6PO.

— Appuie sur le gros bouton rouge, 6PO, continua Ackbar.

— Bouton rouge appuyé, dit 6PO. Oh, mon...

— Maintenant, tiens-le bien et gardenous une trajectoire rectiligne. Le pilotage

principal devrait reprendre le relais d'ici une minute.

— Mais je n'ai pas la moindre notion du pilotage de cet engin, protesta 6PO.

— C'est pourtant facile, dit Ackbar. Même un robot ménager en serait capable. Il suffit de tenir correctement ce bouton rouge.

6PO faisait de son mieux, mais le sous-marin calamarien ballotta un instant de tribord à bâbord, se redressa abruptement puis plongea vers les profondeurs. Quelques secondes avant de percuter un énorme rocher, il se redressa à nouveau.

— *Bzeech ! Chnooooch !* siffla D2 hystériquement.

— Ah, tu n'as qu'à prendre les commandes si tu crois que tu es si malin ! répondit 6PO. Même un robot ménager pourrait le faire !

Le pilotage principal reprit la main à ce moment. L'Amiral Ackbar retrouva le contrôle du sous-marin.

— Si je peux faire une suggestion, messire Luke, demanda 6PO, je crois vraiment que nous devrions rentrer. Nous profiterons de la vue une autre fois.

— *Zgoonukooo !* hurla D2.

— Ahhh ! cria 6PO. Un calamar géant !

Il avait raison. Luke jeta un œil par le hublot et vit un calamar plus gros que tout ce qu'il aurait pu imaginer. Ses énormes tentacules se tordaient ; ils étaient recouverts de ventouses grotesques. Le calamar fonça au-dessus de leur tête et les dépassa.

Il dut se faire repérer par l'équipage du capitaine Dunwell car le Harpoon créa un nouveau tourbillon qui se jeta directement sur lui comme un cyclone en furie.

FWISHHHHH !

Le calamar fut happé dans le tourbillon. Le sous-marin calamarien fut entraîné dans son sillage. Luke et ses compagnons furent secoués de tous les côtés, ballottés, projetés d'un bout à l'autre de la cabine. Ils se sentaient irrésistiblement attirés vers l'ouverture d'un des compartiments de stockage. Ils allaient devoir le partager avec le calamar géant.

— Oh, noooooon ! hurla 6PO. Messire Luke, nous sommes perduuuus !

Personne à bord du sous-marin chasseur n'avait réalisé que le submersible calamarien s'était fait avaler en même temps que le calamar géant.

L'équipage était occupé par une partie de sabacc. Le sabacc, un jeu de cartes très populaire dans les casinos de la Cité des Nuages de Bespin, était maintenant pratiqué par les humains et les extraterrestres sur plus d'une douzaine de planètes.

Quelques Aqualishs aux grandes défenses commencèrent la partie, bientôt rejoints par d'autres qui s'entassèrent dans la travée principale, à deux pas de la chambre de décompression.

Le jeu ne se déroulait pas dans le calme. Les Aqualishs grognaient et se donnaient de grandes bourrades, se traitant mutuellement de tricheurs, montrant leurs dents et leurs défenses, et, pour les plus vindicatifs, se crachant dessus.

Trioculus, dont le corps était revenu à la pression normale, sortit de la chambre de décompression. Son uniforme passé, il put s'occuper du gant de Dark Vador.

Le droïd MD l'avait entièrement nettoyé de la suie et apporté à son maître. La main droite de Trioculus trembla en s'emparant du gant.

Il l'enfila avec précaution, appréciant l'intensité du moment, tel un roi recevant enfin sa couronne. L'image de Dark Vador flotta devant ses yeux... A cet instant, tout le mal incarné par Vador se déversa en lui, vague de puissance venant du Côté Obscur de la Force.

— Il vous va comme un gant, monseigneur, lui dit le Grand Moff Hissa pour le flatter. Il a été taillé pour vous. Rendons-nous dans la cabine du capitaine Dunwell.

Quand ils approchèrent du couloir où la partie de sabacc battait son plein, le Grand Moff Hissa prévint Trioculus que les Aqualishs lui paraissaient dangereusement excités, à la limite d'être incontrôlables.

Trioculus s'approcha des joueurs. Ils ne le regardèrent pas et s'écartèrent encore moins de son chemin. Décidément, ils étaient aussi stupides et obtus que tous leurs semblables rencontrés d'un bout à l'autre de la galaxie.

Le Grand Moff Hissa claqua des talons pour attirer leur attention.

— Pourquoi n'êtes-vous pas à vos postes ? demanda-t-il.

Il n'y eut aucune réponse. Juste un grognement du perdant et un gros rire gras du gagnant qui ramassait ses crédits. Les trois yeux de Trioculus virent rouge.

— Vous bloquez le passage du Chef Suprême de l'Empire ! tonna le Grand Moff Hissa. Poussez-vous et retournez au travail, sinon vous serez exécutés !

L'Aqualish qui avait les plus grosses défenses grimaça, puis cracha par terre et grogna sur les Impériaux.

— Comment oses-tu ! cria Trioculus, fou de rage.

Il leva le gant de Dark Vador et le braqua sur l'Aqualish qui venait de l'insulter.

A sa grande surprise, rien ne se passa. Pour lui, le gant n'avait pas le même pouvoir que pour Dark Vador, capable d'extirper la vie de ses victimes en le pointant vers elles.

Il leva lentement la main gauche. Les éclairs jaillirent de ses phalanges et frappèrent l'Aqualish de plein fouet. Il tomba au sol, se tordant de douleur et se débattant, vite réduit à l'état de masse fumante.

Les autres Aqualishs s'écartèrent très vite, et il n'y eut pas d'autres incidents. Quelques instants plus tard, Trioculus, le Grand Moff Hissa et MD-5 parvinrent à la cabine du capitaine.

Le capitaine s'éloigna pour que le commandant Impérial puisse s'entretenir discrètement avec ses plus fidèles conseillers.

Assis dans le fauteuil de Dunwell, Trioculus secoua la tête avec dégoût.

— Quand Dark Vador braquait son gant, dit-il, il avait le pouvoir d'étouffer ses victimes. Le gant est inutile s'il ne possède plus ce pouvoir.

—Ce qui importe, dit le Grand Moff, c'est de se rappeler que le gant est un symbole maléfique. Kadann, le Prophète

Suprême du Côté Obscur a vu que le nouvel Empereur le porterait. Maintenant qu'il est en votre possession, aucun des seigneurs de la guerre de l'Empire ne peut vous contester le droit d'être notre nouvel Empereur. Kadann ne le pourra pas non plus, quand nous nous rendrons sur la station spatiale de Scardia et que nous lui prouverons qu'il est bel et bien en votre possession.

— Les symboles ne m'intéressent pas ! hurla Trioculus. Je veux les mêmes pouvoirs que Dark Vador !

Le Grand Moff continua :

— Seigneur, il faut se rendre à l'évidence... Vous êtes un grand Esclavagiste,

mais même après de longues années d'entraînement, vous ne maîtriserez peut-être jamais le Côté Obscur de la Force comme Dark Vador. N'oubliez pas que vos pouvoirs foudroyants ne sont pas naturels, contrairement à ceux de l'Empereur Palpatine. MD a dû vous implanter un système cybernétique pour que vous fassiez illusion. Mais si vous l'utilisez trop souvent, cette énergie vous tuera... Evitez désormais de vous en servir. Le système foudroyant a d'ores et déjà accompli sa tâche. Il nous a aidé à convaincre tous ces incapables que vous étiez bien le fils de l'Empereur. C'est tout ce que désirait le Comité Central des Grands Moffs.

— N'oubliez jamais, commença Trioculus avec un éclair de colère dans les yeux, n'oubliez jamais que c'est le Comité Central des Grands Moffs qui m'a proposé de me déclarer fils de l'Empereur, et que vous avez juré de garder le secret. En échange, j'ai accepté de partager le pouvoir...

— J'espère que vous n'oublierez jamais, répondit le Grand Moff Hissa en montrant ses dents acérées, que nous avons élaboré ce plan parce que nous n'avions pas d'autre choix. Le fils naturel de l'Empereur, Triclops, est fou à lier et toutes nos tentatives de le soigner ont échoué. Si nous lui permettions de régner sur l'Empire, sa folie nous mènerait à notre perte. Mieux vaut encore un mutant à trois yeux... auquel on peut se fier, monseigneur.

MD-5 sortit une trousse à outils de son côté gauche. Il l'ouvrit et en sortit cinq minuscules mécanismes, chacun de la taille d'une phalange.

— Je peux en placer un dans chaque doigt du gant, dit-il en tenant l'un des doigts. Quand vous presserez ces mécanismes, ils émettront un signal hyperfréquence, un son si strident qu'il ne pourra être entendu que par la victime sur laquelle vous braquerez le gant. Elle s'étouffera et tombera à genoux. Ses tympans exploseront et son cerveau fondra. Ainsi, vous imiterez les pouvoirs naturels de Dark Vador...

Luke observait le calamar géant par le hublot du minisous-marin. Il reposait dans le compartiment de stockage conçu pour un Baleinodon, dont il avait grossièrement la forme. Il eut un soupir de soulagement en pensant que le calamar, étourdi par le tourbillon, gisait là, inconscient.

Ce soulagement fut de courte durée quand il réalisa que le sous-marin occupait le même compartiment de stockage que l'énorme animal. Luke, l'Amiral Ackbar et les deux droïds ne craignaient rien pour l'instant en restant à l'intérieur, mais ils devaient trouver une sortie... et vite.

Ackbar guida le sous-marin vers le haut du compartiment rempli d'eau de mer. A l'aide des attaches magnétiques, il fit accoster le sous-marin à une écoutille qui menait aux quartiers du Harpoon. D2 se connecta à la serrure électronique et envoya un signal. L'écoutille s'ouvrit.

— Bien joué D2, dit Luke. Amiral Ackbar, je pense qu'il serait plus prudent que vous restiez là. Tenez-vous prêt. Nous devrons peut-être partir en catastrophe !

Quelques instants plus tard, Luke, D2 et 6PO se déplaçaient avec prudence dans les travées. Ils passèrent devant d'autres compartiments de stockage, chacun occupé par un Baleinodon.

Ils découvrirent le compartiment où Leviathor était retenu prisonnier. Le vieux sage remuait doucement la queue, gémissant avec tristesse.

D'où il se trouvait, Luke pouvait voir le capitaine Dunwell. Il était seul, armé d'un simple blaster, contemplant Leviathor au-dessous de lui. Luke le reconnut tout de suite d'après les affiches de recherche qu'Ackbar lui avait montrées.

Le capitaine se caressait la barbe. Il était ennuyé. Il avait écouté la conversation entre Trioculus, le Grand Moff Hissa et le droïd grâce à des micros dissimulés dans son bureau. Trioculus, dans sa hâte de trouver un endroit tranquille où discuter, n'avait pas pensé à ordonner au Grand Moff Hissa de rechercher d'éventuels micros.

Le capitaine était au courant de fort sombres secrets. Mais que pouvait-il faire de ces informations ?

Jetant un coup d'œil au-dessus de lui, il aperçut soudain Luke, 6PO et D2. Il dégaina son blaster et tira deux courtes décharges dont l'une toucha D2 et l'envoya tourner en rond.

Luke sortit son sabrolaser. Il frappa le blaster qui tomba des mains du capitaine Dunwell.

— Qui êtes-vous ? demanda-t-il. Comment êtes-vous arrivés à bord de ce vaisseau ?

— Maintenant, c'est moi qui pose les questions et qui donne les ordres, capitaine, dit Luke. Et voici l'ordre numéro un. Conduisez-nous à un terminal d'où nous pourrons nous connecter au système de contrôle central.

— Un terminal ne vous servira à rien, répondit le capitaine. Vous ne pourrez jamais déchiffrer nos codes.

— Je doute qu'ils résistent longtemps à notre D2, dit Luke.

— Tuez-moi si vous le désirez, mais je ne vous aiderai jamais.

Utilisant un vieux truc d'Obi-Wan Kenobi que lui avait appris Yoda, Luke regarda Dunwell dans les yeux et lui dit :

— Vous nous avez confondus avec vos ennemis.

— Je… vous ai confondus avec mes ennemis, répéta le capitaine Dunwell d'une voix faible.

— Vous nous avez appelés pour que nous vous aidions.

— Je vous ai appelés, dit le capitaine.

— Nous devons vérifier votre système de contrôle central, dit Luke en continuant de contrôler son esprit. Conduisez-nous à un terminal.

— Je vais vous conduire à un terminal.

Ils suivirent le capitaine dans une travée, puis dans un couloir. Finalement, il leur montra un terminal.

— D2, dit Luke, connecte-toi au terminal et débrouille-toi pour pirater les codes de communication. Ensuite, ordonne au système de contrôle central d'ouvrir les portes des compartiments de stockage. Nous allons libérer les Baleinodons !

D2 sortit un petit bras métallique et se connecta au terminal de l'ordinateur.

— Inconscients ! s'écria le capitaine Dunwell, revenant à lui. Vous pensez que ce petit robot ménager peut pirater un code que j'ai mis plus de trois ans à concevoir ?

— *Gaaaaz booop dweeet !* siffla D2.

— Il pense que vous le sous-estimez, capitaine, traduisit 6PO. Il dit que les codes utilisés par Dark Vador étaient beaucoup plus compliqués que les vôtres et qu'il n'a jamais mis plus de quinze secondes pour les pirater.

— D2, je viens de penser à quelque chose, dit Luke. Avant de libérer les Baleinodons, fouille les banques de données du vaisseau. Je veux savoir s'il a un système d'autodestruction.

— Il n'y en a pas, dit le capitaine Dunwell un peu trop vite.

— *Zuuuuung ! Galooooop !* siffla D2.

— D2 dit qu'il y en a un, messire Luke, confirma 6PO.

— Excellent, dit Luke. Cherche le code exact. Préviens-moi quand tu l'auras.

— Trioculus doit déjà m'attendre dans le poste de pilotage, dit le capitaine Dunwell. S'il vient à ma recherche et qu'il tombe sur vous, il vous détruira sur place !

— *Zoooosh-bee-dwee*, siffla D2.

Il fit tourner son dôme pour montrer sa joie.

— Il a le code, messire Luke, expliqua 6PO.

— Bien joué, D2. Maintenant, entre le code et programme la destruction du vaisseau dans…

Luke s'arrêta un instant pour réfléchir. Combien de temps faudrait-il aux Baleinodons pour se mettre à distance raisonnable ? Et combien de temps leur faudrait-il, à lui, à ses droïds et à l'Amiral Ackbar pour conduire leur minisubmersible dans une zone où ils ne seraient pas détruits par la gigantesque explosion qui allait suivre ?

— Dix minutes. Cela devrait suffire, dit Luke. Et si cela ne suffit pas, nous n'aurons plus à nous en inquiéter.

— Vous ne pouvez pas faire ça ! protesta le capitaine Dunwell.

D2 siffla et émit des bruits que Luke n'avait pas l'habitude d'entendre. Skywalker interrogea 6PO du coin de l'œil.

— D2 dit que si, on peut, traduisit le droïd protocole. Regardez…

— *Ziiish bajoooop !*

— Autodestruction activée, messire Luke ! répéta 6PO.

Les alarmes se mirent à sonner et des gyrophares illuminèrent tout le corridor.

CHAPITRE VII

LA RÉCOMPENSE DU CAPITAINE

— Vite, D2 ! dit Luke. Ordonne au système de contrôle central de libérer les Baleinodons !

— Il cherche un moyen, messire Luke, dit 6PO, il cherche et... oh, il ne trouve pas ! Cherche bien, D2. Nous devons sauver Leviathor et les autres Baleinodons avant que...

Trioculus apparut soudainement à l'autre bout du corridor.

— Messire Luke, Trioculus ! cria 6PO. Nous sommes perdus !

— Ton droïd a parfaitement résumé la situation, Skywalker, dit Trioculus.

Il leva sa main droite gantée et la braqua sur Luke.

— Prépare-toi à mourir ! cria-t-il.

Luke se jeta derrière le capitaine Dunwell et l'interposa entre lui et le gant de Dark Vador.

Le faisceau de vibrations frappa. Dunwell, étouffant, commença à se tordre de douleur. Luke le souleva du sol et le lança de toutes ses forces sur Trioculus. Tous deux se retrouvèrent à terre.

Luke sortit son sabrolaser.

— *Jeeep booo pooooz !* siffla D2.

— Ça y est ! cria 6PO. D2 a réussi à libérer les Baleinodons !

Les portes des compartiments de stockage s'ouvrirent doucement. Les alarmes résonnaient, les gyrophares tournaient à toute vitesse. Il ne restait plus beaucoup de temps avant que l'explosion mette fin à la carrière du sous-marin... Trioculus leva la main gauche et l'électricité commença à crépiter sur ses doigts. Luke para l'éclair avec son sabrolaser. Les yeux exorbités, la respiration coupée, Trioculus se souvint des avertissements du Grand Moff Hissa. Les pouvoirs foudroyants lui seraient fatals s'il continuait à les utiliser. Il ne maîtriserait jamais le Côté Obscur de la Force et ne pourrait pas non plus absorber éternellement l'énergie électrique sans souffrir d'effets secondaires...

Et pourtant il augmenta délibérément la puissance du système cybernétique, dirigeant ses éclairs de façon qu'ils évitent la lame du sabrolaser pour frapper Luke de plein fouet.

Luke s'effondra, tétanisé par la pleine puissance des éclairs. Trioculus continua à tirer jusqu'à ce qu'il cesse de bouger. Alors, il baissa la main et dit rapidement quelques mots dans son communicateur de poche :

— Hissa, préparez le sous-marin de secours ! Vite !

La réponse du Grand Moff lui parvint par le communicateur :

— Il nous faut la clé magnétique du capitaine Dunwell pour le démarrer.

Trioculus se tourna vers le capitaine.

— Donnez-moi votre clé magnétique ! Tout de suite !

Trioculus arracha la clé magnétique des mains du capitaine Dunwell. Mais Luke Skywalker était déjà sur pied et courait dans le couloir qui le séparait du sous-marin calamarien.

— Tu as échappé à l'Empereur Palpatine, lui hurla Trioculus. Mais je te détruirai, Skywalker ! Tu as ma parole !

Luke ne s'arrêta de courir que pour se glisser par l'écoutille dans le sous-marin. 6PO et l'Amiral Ackbar étaient déjà attachés sur leurs sièges. D2 était également en position.

L'Amiral Ackbar démarra aussitôt. Le calamar commençait à se réveiller et l'homme-poisson pilotait directement sous son nez. Un tentacule encore engourdi essaya d'attraper le vaisseau. Ackbar réussit à éviter les ventouses et à guider son sous-marin vers la porte, puis dans la sécurité du plus profond des fonds marins.

En s'éloignant, Luke regarda en arrière et vit Leviathor. Il conduisait les Baleinodons libérés vers les Montagnes Englouties, nageant aussi vite que sa grande nageoire caudale lui permettait.

Trioculus atteignit son sous-marin de sauvetage deux minutes avant que le système d'autodestruction transforme le Harpoon en une boule de feu dont personne ne pourrait échapper. MD et Hissa l'attendaient déjà à la porte. Le capitaine Dunwell arriva quelques secondes plus tard.

— Laissez-moi entrer ! Je dois préchauffer les propulseurs ioniques, dit-il tandis que Trioculus insérait la clé magnétique dans la serrure de l'écoutille.

— Un moment, répondit le Grand Moff Hissa en s'interposant. Personne n'entrera dans le sous-marin de sauvetage avant le Chef Suprême de l'Empire, le Vrai Maître du Côté Obscur.

Le capitaine se tourna vers Trioculus.

— Etes-vous vraiment le Maître du Côté Obscur ? demanda-t-il sans réfléchir.

Je pensais que le Maître du Côté Obscur n'avait pas besoin de gadgets pour avoir des pouvoirs foudroyants et pour faire fonctionner le gant de...

Il s'arrêta au milieu de sa phrase, son visage pâlit. C'étaient des sujets qu'il n'était pas supposé connaître...

— Hors de mon chemin, aboya Trioculus, fixant l'impudent.

Trioculus commença à grimper dans le sous-marin. Il sentit soudain une douleur intense aux yeux. Pendant une seconde, tout devint noir. Il se massa le front, cligna des yeux... le malaise disparut, sa vue redevint normale. Il s'attacha rapidement sur son siège.

Le Grand Moff Hissa grimpa à son tour, suivi par MD.

Quand le capitaine Dunwell voulut les rejoindre, le tyran Impérial le fixa avec son regard hypnotique.

— Vous connaissez la procédure, Dunwell, lui dit-il calmement. Le capitaine coule toujours avec son bâtiment.

— Seigneur Trioculus, je vous ai conduit jusqu'au gant de Dark Vador ! dit le capitaine, tripotant nerveusement sa barbe.

J'aurais cru que vous m'en seriez reconnaissant. La mort sera-t-elle ma seule récompense ?

— Je ne récompense pas ceux qui m'espionnent, capitaine.

— Seigneur Trioculus, ayez pitié, laissez- moi embarquer…

Trioculus braqua sa main droite gantée sur le capitaine. Le malheureux essaya de se boucher les oreilles, de bloquer la force qui assaillait ses tympans. Ses yeux s'exorbitèrent, il émit un râle, tomba aux genoux du mutant et s'écroula.

Hissa poussa la porte, la verrouilla. Laissant le capitaine Dunwell mourir avec son équipage, le sous-marin de sauvetage s'éloigna du Harpoon et prit le large vers la chaîne de montagnes sous-marines.

Quelques secondes plus tard, le Harpoon fut déchiré par une colossale explosion, qui projeta des débris dans toutes les directions. L'onde de choc rattrapa le sous-marin de Trioculus et le secoua violemment.

Un sourire mauvais se dessina sur le visage du mutant. Il serra sa main gantée en un poing puissant. Elle ne tremblait plus. Elle était forte maintenant, invincible, prête à régner sur la galaxie.

Les aventures de Luke l'avaient conduit là où tout avait commencé, sur Yavin Quatre. Il se trouvait avec ses droïds dans la salle de briefing du Sénat de l'Alliance. Ils venaient de finir leur rapport au RRPS.

— Au nom du Sénat de la Nouvelle République, déclara gravement Mon Mothma, je vous félicite. Vous Luke, mais aussi Z-6PO et D2-R2. Pour votre mission d'espionnage sur Kessel, mais aussi pour votre aide dans la sauvegarde des Baleinodons...

La réunion s'acheva et les membres du RRPS se séparèrent. L'Amiral Ackbar se tourna vers Luke, 6PO, D2 et la princesse Leia.

— Au nom de la planète Calamari, en guise de remerciements spéciaux, j'aimerais vous convier dans notre cité bulle d'Aquarius pour un concert exceptionnel de chants de Baleinodons. Vous serez les invités d'honneur.

— *Fzzzzoooop bedoooooop !* siffla D2 d'un ton criard.

— Je suis navré de vous annoncer, déclara 6PO d'une voix déçue, que D2 refuse catégoriquement de retourner sur Calamari avec moi... du moins tant que je n'ai pas passé mon permis de pilotage de sous-marin.

Luke rit franchement en pensant que le bref moment où 6PO avait pris les commandes du minisubmersible avait failli causer leur perte. Il insista cependant et D2 changea d'avis.

Le jour du concert, Luke et ses amis se trouvaient sur Calamari, confortablement assis dans l'aquathéâtre de la cité bulle d'Aquarius.

Les chants des Baleinodons étaient spectaculaires. Le programme comptait un ballet aquatique, des mélodies du folklore Baleinodon et des chansons classiques. Le clou du spectacle était un opéra composé par Leviathor, racontant comment il était devenu chef des Baleinodons il y a bien des années en aidant son peuple à échapper à une éruption volcanique.

Luke apprécia le concert... mais sa pré-

sence sur Calamari lui rappelait l'explosion du Harpoon. Il avait alors regardé en arrière et vu le sous-marin de sauvetage s'échapper.

Avait-il été détruit par les projections de débris ? Ou Trioculus avait-il survécu pour rejoindre la surface et continuer à se battre ?

Luke essayait d'oublier les menaces du nouveau tyran Impérial. Il ne parvint pas à chasser de son esprit les paroles d'adieu de Trioculus.

Je te détruirai, Skywalker ! Tu as ma parole !

Pour connaître la suite des aventures de Luke Skywalker et de ses compagnons, ne manquez pas :

La Cité Perdue du Jedi

Luke Skywalker rêve qu'il est en mission secrète aux commandes de son speeder. Il vole au ras de la cime des arbres d'une forêt tropicale quand un incendie éclate. Aveuglé par la fumée, il perd le contrôle de son speeder.

L'appareil tombe en vrille. Au dernier moment, Luke redresse la trajectoire ; slalomant entre les lianes et les arbres, il réussit à se poser dans la forêt. Là, il découvre une enceinte aux murs de marbre vert. Au centre, un transporteur de forme cylindrique donne accès au sous-sol.

Dans son rêve, Luke voit son maître Jedi, Obi-Wan Kenobi, debout devant l'enceinte. Le vieil homme lui fait signe d'approcher :

— Luke, dit-il, voici l'entrée d'une ville souterraine : la Cité Perdue du Jedi ! Toute l'Histoire de la galaxie y est conservée, protégée par des gardiens droïds. Ton destin est lié à *quelqu'un* qui habite ici...

Luke sort brusquement de son rêve. Il tousse. Son visage est inondé de sueur.

C'est l'aube. Skywalker saute de son lit, s'approche de la meurtrière de la tour où est située sa chambre et contemple la cime des arbres d'une forêt tropicale identique à celle de son rêve. Depuis qu'Obi-Wan a péri, tué par le sabrolaser de Dark Vador, il est apparu plusieurs fois dans les visions de Luke. Au moment de sa mort, le corps d'Obi-Wan a disparu, quittant l'univers physique pour un monde mystérieux.

Obi-Wan Kenobi était un Maître de la Force.

Aujourd'hui, c'est Luke qui la sent couler en lui.

Il s'habille, dévale l'escalier, et saute dans son speeder.

Bientôt, il survole la forêt, comme dans son rêve.

Il ne sait pas pourquoi.

Il ignore où le mènera sa course.

Mais il croit en la Force.

Alors il continue.

Quels secrets va-t-il découvrir dans la Cité Perdue du Jedi ? Qui est le « quelqu'un » dont dépend son destin ?
Vous le saurez en lisant ***La Cité Perdue du Jedi****, deuxième volume de la saga de Star Wars à paraître en Pocket Junior dans la série « SF ».*

GLOSSAIRE

Amiral ACKBAR
L'Amiral Ackbar est le commandant en chef de l'Alliance Rebelle. C'est un homme-poisson de la planète Calamari.

AQUALISH
Les Aqualishs sont des extraterrestres au visage de morse, à la peau douce et aux grands yeux. Ils vivent sur une planète aquatique et sont naturellement agressifs envers toutes les races existantes, sauf la leur. Et encore !

AQUARIUS
La cité d'Aquarius, construite sous une bulle géante, se trouve sous les océans de la planète Calamari. Elle a été conçue pour accueillir les créatures à poumons et les créatures à branchies. Une partie y est réservée aux créatures aquatiques, avec une reproduction des hauts-fonds environnants et un réseau de canaux. L'autre partie accueille les créatures aériennes.

BALEINODONS

Les Baleinodons sont des mammifères pacifiques qui vivent dans les eaux calmes de Calamari, le monde aquatique de l'Amiral Ackbar. Leur chef est l'albinos Leviathor. A quelques différences près, ils ressemblent à de gros cachalots.

Capitaine DUNWELL

Le Capitaine Dunwell est le commandant du Harpoon, le sous-marin chasseur de Baleinodons. Il porte un uniforme bleu orné de décorations et arbore une barbe blanche bien taillée, qu'il aime tripoter. Son but est de capturer Leviathor, le leader des Baleinodons. Cela fait des années, depuis la Grande Guerre, qu'il essaye de le piéger mais, à chaque fois, Leviathor a évité la capture.

Centre de Traitement des BALEINODONS

Le Centre de Traitement des Baleinodons est une gigantesque installation impériale située au cœur d'un cratère sous-marin sur Calamari. C'est là que sont abattus et dépecés les Baleinodons pour être ensuite chargés sur des vaisseaux-cargos à destination des planètes Impériales.

CHEWBACCA

Chewbacca est le copilote du Faucon Millenium. Il mesure 2,40 m, est entièrement recouvert de fourrure et fête cette année son 205e printemps. Chewbacca, Chewie pour les intimes, sert l'Alliance Rebelle auprès de son compagnon Yan Solo.

D2-R2

D2-R2 est un droïd utilitaire en forme de tonnelet qui appartient à Luke Skywalker. Il ne communique qu'à grand renfort de bips, de sifflements et d'avertisseurs divers qui sont traduits par son fidèle compagnon, Z-6PO. D2 est un excellent copilote et peut se connecter aux banques de données de presque tous les ordinateurs de la galaxie.

DARK VADOR

Dark Vador était le Commandant en second des Forces Impériales, n'ayant de compte à rendre qu'à l'Empereur

Palpatine. De son vrai nom Annakin Skywalker, ses enfants, Luke et Leia, sont nés avant qu'il ne se laisse dévorer par le Côté Obscur de la Force. Il a tenté sans succès de convaincre Luke de rejoindre l'Empire. Dark Vador était maintenu en vie par des appareillages cybernétiques et par un système respiratoire artificiel intégré à son casque noir.

DOONIUM
Le Doonium est un métal lourd utilisé par l'Empire dans la plupart de ses matériels de guerre.

Empereur PALPATINE
Sénateur de l'Ancienne République, Palpatine a détruit les règles de la démocratie et établi l'Empire à sa place. Véritable tyran, il a régné sur la galaxie, plongeant toutes les planètes dans la terreur. Dark Vador, son second, s'est retourné contre lui et l'a projeté dans le réacteur principal de l'Etoile Noire.

Grand Moff DUNHAUSEN
Le Grand Moff Dunhausen est un gou-

verneur Impérial régional qui porte des boucles d'oreilles en forme de pistolasers. Il est maigre et très rusé.

Grand Moff HISSA
Le Grand Moff Hissa est l'âme damnée de Trioculus. Il a toute sa confiance. Il a les dents taillées en pointe.

Grand Moff MUZZER
Le Grand Moff Muzzer est gras et rondouillard. Il est présomptueux et très nerveux.

Grand Moff THISTLEBORN
Le Grand Moff Thistleborn a les sourcils broussailleux. Il est autoritaire et entièrement loyal au Comité central des Grands Moffs.

HARPOON
Le Harpoon est un sous-marin terrifiant, aussi gigantesque qu'un croiseur Impérial ou qu'une petite ville. Il a été conçu pour chasser les Baleinodons et les garder, inconscients, dans des compartiments prévus à cet effet.

La vallée des HUÎTRES GÉANTES
La vallée des Huîtres Géantes est une vallée sous-marine sur la planète Calamari. Elle sert d'habitat aux huîtres géantes depuis des millions d'années.

Le gant de Dark Vador
Le gant de la main droite de Dark Vador, coupée par Luke Skywalker lors de leur dernièr duel.

LEVIATHOR
Leviathor est le leader des Baleinodons, un vieux sage qui connaît toute l'histoire de sa race. Il a aidé une grande partie de son peuple à conserver la liberté en déjouant les pièges des braconniers. Leviathor est un Baleinodon albinos, le dernier vivant.

Luke SKYWALKER
Luke Skywalker est un Chevalier Jedi originaire de la planète Tatooine. Il a étudié les secrets de la Force avec Obi-Wan Kenobi et Yoda. Frère jumeau de la princesse Leia, il est devenu commandant dans l'Alliance Rebelle.

MD5

MD5 est un droïd impérial chirurgien polyvalent. MD5 suit Trioculus où qu'il aille et se plie à tous ses caprices. Trioculus a une relation avec MD5 qui rappelle celle de Luke avec 6PO et D2.

Minisubmersible calamarien

Le Minisubmersible calamarien est un petit sous-marin utilisé par Luke, l'Amiral Ackbar, 6-PO et D2 pour suivre et espionner le Harpoon du capitaine Dunwell.

Minisubmersible impérial

Le minisubmersible impérial est une capsule de sauvetage du Harpoon, également utilisable comme sous-marin d'exploration. Il peut contenir quatre ou cinq personnes.

Mon MOTHMA

Mon Mothma est le leader de l'Alliance Rebelle. Cette femme distinguée, qui a la responsabilité de l'Alliance depuis de longues années, est un ancien membre du Sénat de la République.

Obi-Wan KENOBI
Obi-Wan Kenobi, ancien Chevalier Jedi, a enseigné à Luke Skywalker les voies de la Force. Il a été défait par Dark Vador lors d'un duel au sabrolaser. A sa mort, il s'est fondu dans la Force.

PHOBIUM
Le Phobium est un métal employé par l'Empereur Palpatine pour enrober les parois des réacteurs de l'Étoile Noire.

Princesse Leia ORGANA
Elevée par un sénateur de l'Ancienne République sur Aldéraan, une planète détruite par l'Empire, la princesse Leia est la sœur jumelle de Luke Skywalker. Franche et courageuse, c'est une femme de valeur qui sert l'Alliance Rebelle contre les forces Impériales.

TRIOCULUS
Trioculus est l'Esclavagiste Suprême des mines d'épices de la planète Kessel. A la mort de l'Empereur Palpatine, il a déclaré être son fils. C'est un mutant superbe mais cruel, qui possède, au milieu du

front, un troisième œil doté de pouvoirs hypnotiques.

Yan SOLO
Yan Solo est le pilote corellien du Faucon Millenium qui servit aux côtés de l'Alliance Rebelle lors de la bataille de l'Étoile Noire. Il est indépendant et voyage le plus souvent avec son compagnon Wookie, Chewbacca.

YODA
Yoda, le dernier Maître Jedi, était une petite créature vivant sur le planétoïde Dagobah. Durant plus de huit cents ans, il a instruit les Chevaliers Jedi. Parmi ses élèves, Obi-Wan Kenobi et Luke Skywalker.

Z-6PO
Z-6PO est un droïd de protocole appartenant à Luke Skywalker. Humanoïde et doré, il est capable de traduire six millions de langues et de dialectes parlés dans la galaxie, et excelle dans les relations droïds-humains. On le voit rarement sans son compère D2-R2.

LES AUTEURS

Paul et Hollace DAVIDS se sont rencontrés par hasard à Harvard Square en 1971. (Paul venait juste de voir le premier film de George Lucas, *THX-1138.*) Ce fut le coup de foudre. Paul était diplômé de Princeton et Hollace de Goucher. Ils découvrirent avec surprise qu'ils avaient grandi à quelques kilomètres l'un de l'autre, à Bethesda et Silver Spring, dans le Maryland. Ils se sont mariés quelques mois après leur rencontre.

Dès l'âge de dix ans, Paul tournait de petits films de science-fiction en 8 mm. Il a étudié le cinéma à l'Institut américain du film, à Los Angeles. Devenu membre du Club des écrivains, il travaille pour Cornel Wilde et (avec Hollace) pour George Pal, un pionnier des films de science-fiction.

Après avoir été éducatrice d'enfants retardés, Hollace devient coordinatrice de FILMEX pour l'Exposition internationale du film de Los Angeles.

1977, année de sortie de La Guerre des Etoiles, voit la naissance de leur fille

Jordan. 1980 — L'Empire Contre-Attaque — est celle de la venue au monde de leur fils, Scott. Cette même année, Hollace devient coordonnatrice des premières et des réceptions de tous les films importants de Columbia. En 1983 — Le Retour du Jedi — Paul écrit *Elle danse seule*, un film avec Burt Cord et Max von Sydow. Il travaille ensuite comme coordonnateur de production de près de cent épisodes de la série *Les Transformeurs*. Aujourd'hui, il est producteur exécutif chez HBO et Hollace, directrice adjointe du Service publicité et événements spéciaux de TriStar Pictures.

Paul et Hollace ont publié leur premier roman en 1986. Pour les jeunes lecteurs, ils préparent toute une série de livres sur La Guerre des Etoiles.

LES ILLUSTRATEURS

Benton JEW travaille pour Industrial Ligth & Magic depuis 1988, avant même d'être diplômé du collège de l'académie des Arts et de l'université de San Francisco. Il n'a jamais cessé de travailler dans le domaine de l'illustration : conception industrielle, films, publicités ou attractions de parcs à thèmes. Parmi ses *storyboards* pour des films, notons : *S.O.S. Fantômes 2, Les Doors, Les Mémoires d'un homme invisible* et *A La Poursuite d'Octobre Rouge*. Benton Jew vit à San Rafael, Californie.

Karl KESEL est né en 1959, dans la petite ville de Victor, Etat de New York. Il lit des bandes dessinées depuis l'âge de dix ans. Sa décision de devenir dessinateur date de cette époque. A vingt-cinq ans, il devient illustrateur professionnel pour DC Comics (*Superman, Le Faucon et la Colombe*, dont il est également coscénariste). Il a collaboré aux mini-séries sur *Terminator* et *Indiana Jones* de Dark Horse Comics. Karl vit à Milwaukie, Oregon, avec sa femme Barbara.

Drew STRUZAN est un des artistes « commerciaux » les plus importants d'aujourd'hui. Son sens du visuel et son style inimitable ont produit de grandes réussites dans le domaine de la publicité, du disque et du cinéma. Citons, parmi ses plus belles peintures, les affiches des films : *La Guerre des Etoiles*, *E.T.*, *Indiana Jones*, *Retour vers le Futur*, *Fievel* et *Hook*. Drew Struzan vit en Californie avec sa femme Cheryle. Leur fils, Christian, suit la voie de son père. Il est illustrateur et directeur artistique.

TABLE DES MATIÈRES

Achevé d'imprimer
par Maury-Eurolivres S.A.
45300 Manchecourt

Dépôt légal : janvier 1994